『ファウスト』における「夾雑」的場面

――バロック文学から眺めたゲーテの文学――

橋本由紀子

松籟社

目次

目次

『ファウスト』における「夾雑」的場面

『ファウスト』における「夾雑」的場面

――バロック文学から眺めたゲーテの文学――

序論――本研究の目的と方法

ヨーハン・ヴォルフガング・ゲーテ（一七四九―一八三二年）は、当時にしては大変恵まれた長い一生涯をかけて『ファウスト』を完成させた。この畢生の大作が彼自身の代表作となったばかりでなく、ドイツ文学史の金字塔のひとつでもあることは、言うまでもない。一方、ゲーテの時代を遡ること一世紀前、一七世紀の所謂バロック時代のドイツ文学は、イタリア、フランス、イギリス等のヨーロッパ諸国の文学と比較して、未だに周辺諸国に認められるほどのレベルに到達していなかった。そして、この両者の世代間には、文学的慣習上の断絶が横たわっている。ハインツ・シュラッファーが、「近世初期文学の知識は一七七〇年以後には失われてしまった[1]」と言うように、ゲーテが活躍し出す一八世紀後半から一九世紀にかけての時代において、前世紀のバロック文学における文学上の習慣は殆ど消え去ってしまったと言ってよい。だが、本研究は、そのような断絶関係にあるゲーテの文学とバロック文学とを敢えて突き合わせることを試みる。

一見無関係にあるゲーテの文学とバロック文学とを突き合わせること――その意義について、ここで説明しなくてはならない。両者を結び合わせる接点として私が見出すのは、その時代背景である。バロックの一七世紀も、その一世紀後であるゲーテの時代も、ドイツないしヨーロッパ史においては激動の時代であった。

一七世紀は、ドイツのみならずヨーロッパにとって大転換の時代であった。ドイツは経済面において衰退を見せ、一四世紀に最盛期を誇ったハンザ同盟は、周辺諸国の積極的な経済政策により没落に追い込まれ[2]、一七世紀には実質上機能しなくなってしまった。この時代は、「危機の時代」とも言われるように、気候は世紀を通じて悪く、疫病も蔓延し、ヨーロッパ中で戦乱の絶えない時代であった[3]。ドイツの場合は、一五五五年のアウクスブルクの宗教和議によっても新教と旧教との間の軋轢を解消できず、一六一八年には三〇年戦争が勃発した。この戦争は、当初は宗教戦争であったものの、新教側にスウェーデン、デンマーク、フランスが、旧教側にスペインが加勢し、戦局が進むにつれて国際戦争の様相を呈した。この戦乱において、ドイツ諸侯の中には戦局を見て宗旨替えをする諸侯も現れ、これがこの時代の虚無感の要因のひとつとなった。一六四八年に締結されたウェストファリア条約において、ドイツは河口の領土をすべてデンマーク、スウェーデン、オランダに奪われてしまい、フランスにはアルザス地方を獲得させてしまう等、地政学的にも不利な条件をのまざるを得なくなった。このように、一七世紀はヨーロッパ諸国の勢力図が大きく変わり、特に神聖ローマ帝国の境界線は、北海沿岸の河口部が内陸側へ後退し、南側もイタリアおよびスイスが離脱したため、これも内陸側へと押しやられた。文化面では、ガリレオやデカルト等による科学革命が起こり、宗教的拘束から自由な自然科学研究を目指す動きが出始め、後世の自然科学に多大な影響を及ぼすほどの革新があった一方で、中世から引き続く錬金術のような、現代から見れば疑似科学のようなものも根強く残っていた。詳細は第一章で説明するが、このような時代のドイツ文学には、移り変わりの激しい時代相を反映し、混乱の中で物事を把握するための思考整理を促すような文学モチーフが見られる。

---

［1］Schlaffer, H.: Die kurze Geschichte der deutschen Literatur. München/Wien 2002, S. 19.〔ハインツ・シュラッファー『ドイツ文学の短い歴史』和泉雅人・安川晴基訳、同学社、二〇〇八年、二六頁〕

［2］例えば、一四九四年のロシアによるノヴゴロドのハンザ商館閉鎖とそれに倣った北欧諸国の国民産業振興、ネーデルラント商人の進出、イギリスのエリザベス一世治下の重商主義政策などがある。成瀬治他編『世界歴史大系ドイツ史——先史〜一六四八年——』山川出版社、一九九七年、四八二—四八五頁。

［3］坂井栄八郎『ドイツ史一〇講』岩波書店、二〇〇三年、九六頁。

そこから一世紀ほど経過した一八世紀半ばから一九世紀にかけての、いわゆるゲーテの時代も、これに劣らぬ激動の時代であった。ウェストファリア条約以降、ヨーロッパの情勢は落ち着きを取り戻し、ドイツ国内の各領邦は、絶対主義による統治でもって国力回復を目指した。その中で、実力をつけてきたのがオーストリアとプロイセンであった。ゲーテの生まれる九年前である一七四〇年、オーストリア皇帝カール六世の跡をマリア・テレジアが相続することに対して、プロイセン国王フリードリヒ二世が異議を唱える形でオーストリア継承戦争が勃発した。フリードリヒ二世に重要な領土であるシュレージエンを奪われたマリア・テレジアは、外交政策によりプロイセン包囲網を築いてその孤立化を図った。危機感を抱いたフリードリヒ二世は、これを打開する目的で一七五六年にオーストリアとの間に七年戦争を開始した。この戦争は結局両国ともに疲弊し、オーストリア継承戦争の結果の再確認に終わったが、ここに至ってドイツは大きな戦乱のない時代に突入し、フランス革命までの安定期を迎えた。一七八九年に勃発したフランス革命は、当初隣国ドイツに歓迎されたが、革命後の急進的なフランス内政事情が判明するにつれ、ドイツの態度も変化せざるを得なかった。ナポレオンがフランス皇帝の座に就き、ドイツへ侵攻して西南部にライン連盟を結成させたことにより、それまで八〇〇年以上ドイツ国内を緩やかに治めていた神聖ローマ帝国は一八〇六年に崩壊し、ドイツ国内に三〇〇余り存在した領邦国家の統廃合が進み、残った国々では生き残りをかけて社会と政治の改革が行われる。[4] その後は、一八一三年の解放戦争とナポレオンの没落、一八一五年以降のウィーン体制という経過を辿る。ヨーロッパの社会情勢は、絶対主義からフランス革命を経て保守反動体制へと、目まぐるしく展開を見せた。

このような一八世紀後半から一九世紀前半にかけての激動の時代を生きたゲーテは、自らの時代をその慧眼で眺め、自著に書き留めてきた。そのときの彼の思考整理の方法を検討する場合、一七世紀のバロック文学に見られる諸モチーフに通底する方法をゲーテが採っているのではないかという推測が、本研究における出発点のひとつである。

前述のような時代背景の共通点を踏まえた上で、本研究は、ゲーテが自著に反映させた時代考察を辿ることにより、見通しのきかない時代に対峙し思考整理に努めた等身大のゲーテ像を探ることをその目的とする。そのための研究方法として、ここではゲーテの作品のうち、『ファウスト』に焦点を絞り、特に、「エンブレム的構造」・「祝祭文化」・「秩序と宮廷」という三つの要素に注目しながら、『ファウスト』にバロック文学におけるモチーフや技法表現が観取できるかを分析していく。[5] この三者は一見、全く別個のように見えるが、その根底には「自己確認する作業」という共通性が見出される。[6] なお、誤解

［4］坂井栄八郎『ゲーテとその時代』朝日新聞社、一九九六年、六頁。

［5］『ファウスト』をはじめとしたゲーテの諸作品からの引用は、Johann Wolfgang von Goethe: Sämtliche Werke. Briefe, Tagebücher und Gespräche. Vierzig Bände. Deutscher Klassiker Verlag. Frankfurt am Main［以下、FA と略記］に拠る。『ファウスト』以外のテクストの邦訳は、登張正實他編『ゲーテ全集』潮出版社、二〇〇三年を借用した。『ファウスト』からの訳出の際は、注105を参照のこと。

［6］その根拠については、第一部第一章で詳述する。

を避けるために、本研究がバロック文学がゲーテに与えた影響を直接問題にするものではないことを注記しておきたい。つまり、ミシェル・フーコーが批判するような統一性ある「観念の思想史」[7]を目指すものではない。そうではなく、バロック文学という地点から『ファウスト』を眺めたときに得られる新たな眺望を描き出したいのである。

本書の構成は、第一部と第二部に分かれる。本書前半部に相当する第一部では、『ファウスト』分析の前段階として、本書の分析手段である「バロック」に焦点を当て、ゲーテとバロックとの「関わり」に言及する。第一部第一章ではバロックについて、概念的整理をする。第二章では、ゲーテ本人及びゲーテとほぼ同時代の詩人たちがいかにバロックを受容していたかを辿る。ゲーテはバロック的なものに対して反感を抱いていたとされるが、それが事実であるかどうかもここで再検討する。第三章では、本書と同様のテーマ設定での先行研究を概観する。本書後半部である第二部では、『ファウスト』を実際の分析対象として、第四章では第一部を、第五章では第二部第一幕、第六章では第二部第四幕をとり上げ、バロック文学のモチーフや文学上の表現と突き合わせて分析を試みる。最後に、結論の章において、各分析によって得られた結果を総括する。

---

［7］Foucault, M.: L'archéologie du savoir. Paris 1969.〔ミシェル・フーコー『知の考古学』中村雄二郎訳、河出書房新社、一九九五年〕

第一部　ゲーテとバロック文学の「関わり」

第一章

「バロック」概観

一．「バロック」概念の成立

周知の通り、様式を表す用語としてのbarockの語源には、定説がない。だが、有力な仮説として次の二つがある。第一には、不規則な形をした真珠を意味するポルトガル語のbarroco[8]という語であり、これは一六世紀前半頃にフランス語へ移入されたと推測される。[9]第二には、クローチェが唱えた説[10]で、煩雑でわざとらしいこじつけの論証や議論、詭弁的な誤りの論証を意味するbaroccoという語である。[11]これは、スコラ論理学における三段論法の複雑な論理格を覚えるための母音記憶法のひとつである。barockという語がいずれにしても、貶下的な意味で使われたことに変わりはなく、この語がフランスにおいて「奇怪・異常・珍奇」というイメージで定着したのは、一七〇一年以降である。[12]一八世紀前半にbarockが装飾過多で奇怪趣味の建築を指し、やがてこれが彫刻・絵画・音楽・文学にも否定的な意味で広く使用されたことから、一八世紀半ば頃には、「バロック風」と言えば「常軌を逸した気まぐれで不調和な芸術様式」を意味する流行語であるという認識が定着したようである。そして、このイメージが、ドイツにおいてはメーザー、レッシング、ゲーテに継承されたと言われる。[13]

しかし、こうした蔑称は、やがてひとつの独立した様式概念を示す語へと転じていくことになる。一八・一九世紀を通じて、「バロック」芸術は単にルネサンス芸術の解体消滅段階としてのみ見なされていた。この語が転機を迎えるきっかけを作ったのは、ブルクハルトである。彼は『チチェローネ』（一八五五年）の中で、建築様式としてのバロックについて、「バロック建築はルネサンスと同じ言葉を語るがしかしその荒んだ方言である」[14]と述べた。ここでは、「バロック」をルネサンスの堕落段階と見なす従来の評価に変わりはないが、徐々に「バロック」をひとつの自立した様式概念として捉える傾向が見え始めている。二〇世紀に入ると、美術史家ヴェルフリンが「バロック」を肯定的に評価する。彼は『美術史の基礎概念』（一九一五年）において、「バロック」芸術は、ルネサンス芸術というカテゴリーには収まりきらない、独自の芸術法則に基づいた根本的に新しいものであると論じた。つまり、ここ

［8］Victor-Lucien Tapié: Baroque et classicisme. Paris 1972. S. 19f.; Le grand Robert de la langue française. Dictionnaire alphabétique analogique de la langue française de Paul Robert. Deuxième Édition entièrement revue et enrichie par Alain Rey. Tome I. Paris 1985, S. 859.

［9］Emrich, W.: Deutsche Literatur der Barockzeit. Königstein/Ts. 1981. S. 15〔エムリッヒ『アレゴリーとしての文学　バロック期のドイツ』道籏泰三訳、平凡社、一九九三年、二八頁〕

［10］Croce, B.: Storia della etá barocca in Italia. Pensiero, poesia e letteratura vita morale. Bari 1929, S. 20f.〔篠田一士他編『世界批評大系三　詩論の展開』筑摩書房、一九七五年、三一六頁以降〕

［11］barocco という語のすべての子音を除くと、aとoとoが残る。母音のaとoは、論理学における全称肯定記号Aと特称否定記号Oに相当する。つまり、barocco は、「A—O—O」という三段論法の方式、①Acb「すべてのcはbだ。」、②Oabは「あるaはbでない。」それゆえ、③Oac「あるaはcでない。」を表示する。例えば、aをロバ、bを動物、cを人間と置き換えれば、「すべての人間は動物だ。」、「あるロバは動物ではない。」それゆえ、「あるロバは人間ではない。」という偽の論証になる。中川純男編『哲学の歴史三』中央公論新社、二〇〇八年、二七四頁を参照。

［12］Emrich, a. a. O., S. 14.〔エムリッヒ、前掲書、二七頁〕また、『グラン・ロベールフランス語辞典』（一九八五年）によれば、すでに一七〇一年刊行の『フュルティエール万有辞典』の中に「バロック」という語が奇妙で不揃いなものという意味を持つ語として収録されている。Vgl. Le grand Robert, a. a. O.

［13］Emrich, a. a. O., S. 14f.〔エムリッヒ、前掲書、二七頁以降〕

［14］Burckhardt, J.: Der Cicerone. Eine Anleitung zum Genuss der Kunstwerke Italiens. Bd. 1. Basel 1957, S. 305.〔ヤーコプ・ブルクハルト『チチェローネ〔建築編〕』瀧内槇雄訳、中央公論美術出版、二〇〇四年、四一五頁〕

に至って「ルネサンス」と「バロック」は、正反対だが対等の価値を持つ芸術様式として解釈すべきであると主張されたのである。そして、さらに「バロック」芸術は、繰り返し出現する普遍的な美術史の「基礎概念」として理解されるようになる。[15]

このように、元来は美術史上の概念規定から生じた「バロック」であったが、これを文学の分野に転用したのが、シュトリヒである。一九一六年、『一七世紀の叙情詩の様式』において彼は、一七世紀の文学を「バロック」文学として定義した。[16]彼の理論が一九一六年から一九三〇年頃の研究者に熱狂的に受け入れられた背景[17]には、いわゆる「第一次バロック・ブーム」の存在があった。この流行の理由として、当時のドイツは第一次世界大戦の惨禍を体験した直後であり、バロック文学に表現される感情が、戦禍に対するそれや、さらには表現主義文学のそれとも重なるところがあったことが挙げられる。[18]だが、詳細な個別研究が進むにつれ、このような熱狂的なブームに対する懐疑が持ち上がってきたことも事実であり、様式としての「バロック」の固有性に対して根底からの疑念が向けられることもあった。[19]

逆に、「バロック」により厳密な概念規定を行おうとする動きとして、第二次大戦後の「マニエリスム」概念の登場にも触れておく必要があるだろう。一九四八年、クルツィウスはその浩瀚な自著『ヨーロッパ文学とラテン中世』（第二版、一九五四年）において、「バロック」に代わるより適切な様式概念として「マニエリスム」という用語を使い始めた。彼は、あらゆる時代の古典的様式に対して、これに対立し補完する現象を幅広く「マニエリスム」と呼んだのである。クルツィウスによれば、「マニリストは、事柄を正常にではなく、異常なふうに言おうとする。マニリストは自然なものより技巧的・作為的なものを選ぶ。マニリストはひとの不意をつき、唖然とさせ、眩惑させようとする」[20]と言う。クルツィウスの「マニエリスム」概念を継承したのが、ホッケである。『文学におけるマニエリスム』（一九五九年）で彼は「マニエリスム」を反古典的及び反自然主義的常数であり、調和の取れたものよりも不規則

〔15〕Wölfflin, H.: Kunstgeschichtliche Grundbegriffe. Das Problem der Stilentwicklung in der neueren Kunst. 18. Aufl. Basel 1991.〔ハインリヒ・ヴェルフリン『美術史の基礎概念　近世美術における様式発展の問題』海津忠雄訳、慶應義塾大学出版会、二〇〇〇年〕

〔16〕Strich, F.: Der Lyrische Stil des siebzehnten Jahrhunderts. In: Barner, W.(Hg.): Der literarische Barockbegriff, Darmstadt 1975, S. 32-71.

〔17〕一九二〇年代前後のバロック・ブーム以前にも、二〇世紀始めの文学および文学批評の一派「新バロック派」の存在があった。例えば、一九〇七年、F・P・グレーヴェはバロック時代のことをこの上ない形式的伝統を備えると同時に、優れた能力と爆発的エネルギーに溢れた時代として積極的に評価した。

〔18〕Emrich, a. a. O., S. 16.〔エムリッヒ、前掲書、三〇頁〕

〔19〕例えば、シュトリヒが「バロック」文学の特徴として挙げた対句法は、大昔からの様式に過ぎず、「バロック」に特有とは言えないなどの反論がなされた。Emrich, a. a. O., S. 16f.〔エムリッヒ、前掲書、三一頁〕

〔20〕Curtius, E. R.: Europäische Literatur und lateinisches Mittelalter. 2. duchgesehene Aufl. Bern 1954, S. 286.〔E・R・クルツィウス『ヨーロッパ文学とラテン中世』南大路振一・岸本通夫・中村善也訳、みすず書房、一九七一年、四〇八頁〕

なものを優先するが、「バロック」のように「中世の神学や教会の諸伝承に即して革新をはかる」[21]のではなく、「くり返し秘教的伝統につながる」[22]様式と捉えた。この様式は、エムリッヒによって、次のように説明されている。「彼らによれば、マニエリスムとは、内容的には魔術的、神秘主義的なトリックを利用する、神学的な言語理論の流れをくんだ一流派、歴史上くりかえし現われる無時間的な芸術流派を指している。[23]」しかし、現在この語は、少なくとも文学に関しては、「バロック」ほど普及しているとは言えず、あくまでクルツィウスとホッケ独自の用法という色彩が強い。

以上のような経緯を経て、「バロック」という様式概念は成立したのであるが、研究者によって年代設定の仕方も様々であり、概念規定があるひとつの方向へ収斂するというよりはむしろ「普遍的概念として考え、抽象的な文化体系を構築する傾向が強まるにつれ〔……〕かえって曖昧になった[24]」のが実情である。田野倉は、バロック概念についての議論の背景を次のように説明する。「バロックの概念は、厳格な美術史家や歴史家がある特定の時代の枠に抑え込んでおこうと努力してきたにもかかわらず、肥大の一途をたどってきた。それは、美術史の用語から十七、八世紀の文学や演劇の領域にまで適用されるキーワードになるにしたがって、ますます多義的になったからである。[25]」本書では、シュトリヒ以降暫定的に設定された一六〇〇年代の時期を、「バロック」時代として扱うことにする。つまり、ゲーテの『ファウスト』における「バロック」性の分析において比較対象として参照するのは、その時代の文学と文化である。

二. ドイツ・バロック文学概略

二. 一. ラテン語から自国語へ――新しい自国語観と詩論

一七世紀のヨーロッパの社会編成は、フランスに典型的に見られるように、封建制から絶対主義へと転換する過程にあった。例えば、商業の発達と貨幣経済の発展に伴い、一六世紀までの封建制が徐々に瓦解し、農奴は実質上自由農民と化し、賦役の代わりに貨幣として地代を収めるだけで済むようになり、手元に財を蓄えることも可能になった。封建領主である貴族は、一六世紀から一七世紀にかけて、

[21] Hocke, G. R.: Manierismus in der Literatur. Sprach-Alchimie und esoterische Kombinationskunst. Beiträge zur vergleichenden europäischen Literatrgeschichte. Hamburg 1959, S. 147.〔グスタフ・ルネ・ホッケ『文学におけるマニエリスム　言語錬金術ならびに秘教的組み合わせ術』種村季弘訳、現代思潮社、一九七一年、二九〇頁〕

[22] Hocke, a. a. O., S. 147.〔ホッケ、前掲書、二九〇頁〕

[23] Emrich, a. a. O., S. 18.〔エムリッヒ、前掲書、三四頁〕

[24] 轡田收「バロック」、『増補改訂新潮世界文学辞典』新潮社、一九九〇年、一四二〇頁。

[25] 田野倉稔「バロックの演出家たち――フィレンツェからパレルモへ」〔荒俣宏他『バロックの愉しみ』筑摩書房、一九八七年、一二九―一五五頁〕、一三〇頁。

幾多もの戦争に駆り出される中でその力を弱めてゆき、一方、貴族の上で国を統括する君主は、中央官庁を作り官僚を地方に配置することで税を効率的に集め、その力を増していった。権力を体現する王の周りには、宮廷が形成された。ドイツの場合、イギリスやフランスとは違い、統一的国家は形成されず、神聖ローマ皇帝が名目上ドイツ語圏の領邦諸国を統括してはいるものの、三〇〇にも分かれた領邦や帝国都市が裁判権や関税権などの特権を保持し、そこに王権が介入することは殆どないという独自の統治形式をとった。まがりなりにも中央集権的な行政組織を作り、君主を基盤にした宮廷文化を形成してゆくのは、帝国ではなく各領邦の単位においてであった。

ルネサンス人文主義の影響が広まり、宗教改革を経た一七世紀においても、文化を担う言語は専らラテン語であった。しかし、この時代に自国語への注目が集まったことは特筆すべきことであり、その地位向上に向けての様々な試みが見られた。こうした自国の文化を尊重する愛国的志向は、人文主義が元来有していた特徴のひとつである。[26] 一方、宮廷文化においても、英雄詩を書くのに必要な高度なドイツ語表現形式が求められていた。このように、人文主義的伝統と宮廷文化という二つの流れが相俟って、新たな自国語観が提唱された。それは、ドイツ・バロック文学の形成にとっても大きな意義があった。

この時代の代表的ドイツ語観を最もよく表すのは、ユストゥス・ゲオルク・ショッテーリウス（一六一二―一六七六年）が一六四一年に著した『ドイツ語文法』である。その中では、それまで高尚なラテン語とは対照的に俗語として貶められていたドイツ語が、「主幹言語 Haubtsprache」として顕揚されている。彼によれば、ドイツ語とはバベルの言語混乱の際に生まれた由緒正しい言語であり、ヨーロッパ最古の言語である。それは、ノアの子孫アシケナズがバベルからドイツ語を救い出し、自分の子孫を通じてヨーロッパ諸国に広めたことに由来するという。ショッテーリウスによれば、ドイツ語はヨーロッパ諸語の中で最も神に近い言語であり、どの言語よりも自然で本源的である。そのことを証明するために、ショッテーリウスは、ドイツ語の中に宇宙の構造を反映する自然性・合理性を見出そうと努めた。その際彼は、「語」こそが言語の基礎であり、「語」と事物の間には神による予定調和がある、それゆえ「語」を明らかにすることで、事物及び自然の解明もできると考えた。こうしてショッテーリウスは、「語」の内部の仕組みを観察し、「語根」が語の中核をなすことを確認する。そして、「語根」と「派生の主要語尾」、および「偶性語尾」が、ドイツ語の「語」を規則的に構成しており、これら三つの要素はすべて一音節で、類比的な規則性・合理性、すなわち根本的規則性（Grundrichtigkeit）を持つとの確信を得た。この根本的規則性こそ、言語本来の姿であり、言語の普遍的構造であるとショッテーリウスは見なした。[27] 彼によれば、根本的規則性の内に神が創造した宇宙の構造や自然が反映されてい

〔26〕Garin, E.: L'educazione in Europa(1400-1600). Problemi e programmi. Bari 1959, S. 106f.〔エウジェニオ・ガレン『ルネサンスの教育　人間と学芸の革新』近藤恒一訳、知泉書館、二〇〇二年、九六頁以降参照〕

〔27〕Schottelius, J. G.:Teutsche Sprachkunst. Braunschweig 1641. なお、彼の『ドイツ語文法』の概要については、高田博行「一七世紀の言語論における『普遍の鍵』」〔大阪外国語大学『論集』第一号、一九八九年、四九―七二頁〕参照。

るという点で、ドイツ語は他のヨーロッパ諸語に比べて優越しているのである。ショッテーリウスは一六六三年にも、『ドイツ語詳論』において、再度ドイツ語の優位性を訴えた。論旨は『ドイツ語文法』と大きな相違はなく、この中で彼は、ドイツ語はヘブライ語に次ぐ二番目に古い言語と見なしている。その根拠として、彼はドイツ語が自然に近い擬音語に最も富んでいることを挙げている。[28]

いずれにしても、ショッテーリウスのこれらの研究は、ドイツ語が本来持っていた自然的ないし神的な起源を想起させ、外国語の混入を排除することを目的としていた。彼は、ドイツ語を通して自然の秘密に迫ろうとしていることから、ヤーコプ・ベーメ（一五七五―一六二四年）の自然神秘主義とのつながりも指摘できなくはない。しかし、ショッテーリウスの場合、その分析手法から窺えるのは、むしろ人文主義的な特徴である。人文主義者は、話すことを単語の組み合わせと見なし、総じて言語を単語の集合として捉える傾向が強かった。[29] この見地からすれば、言語の構成要素である単語をよく知れば、その言語についての深い理解が得られ、習熟も早まるという考えに至ることは、不自然ではない。ショッテーリウスの単語中心主義の背景には、人文主義的言語観が存在するのである。

ドイツ語の地位向上を目指した文化人たちの活動としては、当時様々な詩人たちによって著された「詩論」も見逃すことができない。これらを網羅的に採り上げることは本論文の趣旨からはずれるが、そのうちの重要な二つの詩論について簡潔に紹介しておきたい。

まず、バロック時代の詩論の先鞭を切ったものとして、マルティン・オーピッツ（一五九七―一六三九年）の『ドイツ詩学の書』（一六二四年）がある。[30] オーピッツの詩論で特に注目に値するのは、ドイツ語に適した韻律の採用を提案したことと、文学ジャンルに関し整然とした理論を打ち出したことである。彼は、古典語やロマンス語とは異なるドイツ語の韻律の独自性、つまり、音の長短ではなく強弱が問題であることを明確化し、ヤンブス（抑揚格）とトロヘイウス（揚抑格）の使用を推奨した。文学ジャンルについては、ジャンルごとに登場する人物の身分階層や韻律の使い方を厳密に定めた。例えば、悲劇であれば、王侯貴族が主要人物であり、格調高いアレクサンドリーナー詩型で書くこと、喜劇であれば、下層階級の人間を主要人物に据え、俗語調で語らせるべきであるとした。[31] オーピッツも、ドイツ語

〔28〕Emrich, a. a. O., S. 50.〔エムリッヒ、前掲書、九六頁〕ショッテーリウスは『ドイツ語詳論』の「ドイツ語という主幹言語についての第四の賛辞」において、ドイツ語の擬音語が自然を的確に再現し、言語として卓越していることを力説している。Schottelius, J. G.: Ausführliche Arbeit Von den Teuschen HaubtSprache.(1663) II. Teil. Hg. v. W. Hecht. [Tübingen 1995], S. 60.

〔29〕Hecht, W.: Nachwort des Herausgebers. In: Schottelius: a. a. O. (Anm. 38), S. 8*.

〔30〕Opitz, M.: Buch von der Deutschen Poeterey.(1624) Studienausgabe. Mit dem Aristarch (1617) und den Opitzschen Vorreden zu seinen Teutschen Poemata(1624 und 1625) sowie der Vorrede zu seiner Übersetzung der Trojanerinnen (1625). Hg.v. Herbert Jaumann. [Stuttgart 2002].

〔31〕このような厳密なジャンル区分は、当時の絶対主義的階級社会のあり方に即応していた。Vgl. Opitz, a. a. O., S. 30.

の独自性を尊重する点ではショッテーリウスと変わりないが、[32] 古典語やロマンス語も高く評価していた点では違いを見せる。

もうひとつの重要な著作は、ゲオルク・フィーリップ・ハルスデルファー（一六〇七―一六五八年）の『詩学の漏斗』（一六四八―一六五三年）である。[33] これは、詩作法が六時間で習得できると標榜した、入門書仕立ての詩学書である。これさえ読めば誰でも詩が書けるというスタンスからは、詩作は単なる思いつきやインスピレーションで行うものではなく、学習可能なものであるという当時の詩作観が窺われる。詩学そのものについての記述は、アリストテレスやホラティウスの古典的詩学に準拠しているが、『詩学の漏斗』の特筆すべき点はむしろ、オーピッツと同様、ドイツ語の特性を生かした詩作を勧めている点にある。ハルスデルファーは、ショッテーリウスのドイツ語論に依拠しながら、造語力の巧みなドイツ語の特性を上手に使った詩作を心がけるべきであると主張する。[34]

このように、一七世紀には、一五・一六世紀から続く人文主義的伝統を背景としながら、ショッテーリウスのドイツ語論やオーピッツ、ハルスデルファーらに代表される「詩論」が生み出され、これらが多様なバロック文学の理論的な支柱ともなっていく。

二．二．ドイツ・バロック文学の主な特徴

本書では、ゲーテの『ファウスト』におけるバロック性を探求する際、ドイツ・バロック文学におけ

るいくつかの特徴を手掛かりに分析をする。そのため、以下ではまず、ドイツ・バロック文学の全体図を挙げ、この時代の代表的な詩人や作品を概説する。それから、第二部における実際の作品分析で参照するものを含む四つの特徴を集約して論じ、最後にその全体を総括する。

二．二．一．ドイツ・バロック文学の全体図

前述したように、オーピッツをはじめとした詩論を精神的支柱にして、一七世紀のドイツ文学の営為が活発化した。以下、詩と演劇、小説など、この時代の代表的な詩人とその作品を取り上げつつ、ドイ

［32］ごくわずかではあるが、オーピッツもドイツ語の擬音語が自然を的確に模倣していることを高く評価する。Vgl. Opitz, a. a. O., S. 41.
［33］Harsdörffer, G. Ph.: Poetischer Trichter. Die Teutsche Dicht- und Reimkunst / ohne Behuf der Lateinischen Sprache / in VI. Stunden einzugiessen. Erster Theil. Nürnberg 1650. [Nachdruck: Hildesheim/New York 1971. 1.Teil〕2. Auflage]
［34］Harsdörffer, a. a. O., S. 16f. 詳細は、拙稿「詩学仕掛けの国語育成―ハルスデルファー『詩学の漏斗　第一部』を読む」〔学習院大学『人文科学論集』一四号、二〇〇五年、一三三―一五四頁〕を参照。

ツ・バロック文学の様相を簡潔に概観しよう。[35]

まず、韻文では、オーピッツが薦めたアレクサンドリーナー詩型を使う詩作品が多く作られた。パウル・フレーミング（一六〇九―一六四〇年）やアンドレーアス・グリューフィウス（一六一六―一六六四年）の詩作品は、「生への愛と死の悲哀とのあいだの緊張した相矛盾する生命感情[36]」を歌いあげる。フレーミングは、死後に二度、一六四一年と一六四六年に詩集が刊行されている。彼は当時流行していた新ストア主義に即したソネット「自らに宛てて」で有名だが、大宇宙と小宇宙の相応を説く自然神秘主義の伝統に即した内容の詩や、彼が同行したゴットルプ使節団の旅行先エストニアで知り合った女性との復縁に希望を抱いた詩なども手がけている。グリューフィウスの場合、一部の作品において神秘主義的傾向を見せることもあるが、ユストゥス・リプシウス（一五四七―一六〇六年）の新ストア主義に強く影響を受けた作風の「人間の苦患」や「祖国の涙」など、死すべき運命から逃れられない人間の虚しさを中心に据えた作品が現在でも有名である。一方、クリスティアン・ホフマン・フォン・ホフマンスヴァルダウ（一六一六―一六七九年）のように、官能的な作風の恋愛詩を手がけた詩人もいる。一七世紀前半には、自然を媒介とした神と自己の同一性を訴えるヤーコプ・ベーメの神秘主義的思想が登場し、この時代の文学に影響を与えた。その精神的後継とも言うべきアンゲルス・ジレージウス（一六二四―一六七七年）は、詩集『放浪するケルビム』（一六七五年）で独特の存在感を示す。二行で編成される箴言詩は、簡潔な言葉でもって神秘主義的思想の根幹を表現している。宗教詩では、カトリック側からは詩集『ナイチンゲールと競って』（一六四九年）で知られるフリードリヒ・シュペー（一五九一―一六三五年）、プロテスタント側からは、作品「夏の歌」で知られるパウル・ゲルハルト（一六〇七―一六七六年）のような詩人が活躍を見せた。シュペーの宗教詩には、神秘主義を見出せるが、それは前述のようなベーメによるシュレージエン神秘主義とは違い、神と自己の同一性を問題にはせず、神の賛美や、神への憧れを歌っている。ゲルハルトによる讃美歌の中には、現在でも学校や教会で歌い継がれているものもある。また、この時代は女性詩人の活躍もあった。カタリーナ・レギーナ・フォン・グライフェンベルク（一六三三―一六九四年）の場合は、『宗教ソネット・歌謡・詩集』（一六六二年）で、神への揺るぎない信頼を披歴する。一七歳で早世したジビレ・シュヴァルツ（一六二一―一六三八年）は、オーピッツを範に詩作に挑んだ。グリューフィウスと同様、無常と死にこだわった詩作がその主な特徴である。[37]

演劇では、中世以来の神秘劇や一六世紀以来の人文主義的学校劇、ドイツに渡り活躍したイギリスの

---

［35］この節は、主にエムリッヒの前掲書とフロイントの以下の著作によるバロック文学紹介を参考にしつつ、要約している。Freund, W.: Abenteuer Barock. Kultur im Zeitalter der Entdeckunden. Primus Verlag. Darmstadt 2004.〔ヴィンフリート・フロイント『冒険のバロック　発見の時代の文化』佐藤正樹／佐々木れい訳、法政大学出版局、二〇一一年〕その他、以下の文献も参照した。Szyrocki, M.: Die deutsche Literatur des Barock. Philipp Reclam jun. Bibliographisch erneuerte Ausgabe. Stuttgart 1997.

［36］Freund, a. a. O., S. 35.〔フロイント、前掲書、四〇頁〕

［37］Freund, a. a. O., S. 124f.〔フロイント、前掲書、一二六頁以降〕

旅回り劇団の演劇などの影響を経て、一七世紀前半期になると、反宗教改革のプロパガンダのために作られたイエズス会演劇が頂点を迎えていた。その最も重要な劇作家の一人が、ヤーコプ・ビーダーマン（一五七八—一六三九年）である。彼の代表作『ツェノドクスス』（一六〇九年脱稿）には、演者や観客がカトリックへ改宗してしまうほどに強烈なインパクトがあった。この劇は、世間から多大な尊敬を受けていたパリの学者ツェノドクススが、その偽善ゆえに神罰を下されるという筋書きである。劇中、埋葬の際に彼の死体が突然起き出し、神罰が下されたことを死体が自ら語りだす。埋葬に立ち会った彼の友人たちは驚き、場は混乱をきわめる。ツェノドクススの親友ブルーノは、処罰を下した神に恐れを抱き、ついに遁世生活に入るという結末で終わる。ビーダーマンより後のイエズス会演劇は、オペラ風の華美な傾向へ発展を遂げていく。

その後、シュレージエン出身の詩人たちが演劇の傑作を残すことになる。前述のように、抒情詩でも活躍したアンドレーアス・グリューフィウスは、悲劇と喜劇の制作にもその才覚を発揮した。彼は、王位簒奪を描いた処女作『レオ・アルメニウス』（一六四六年）やイギリス国王チャールズ一世の処刑事件を題材にした『カロルス・ストゥアルドゥス』（一六五七年）などを手掛けた。抒情詩同様、新ストア主義を彷彿とさせる内容、そして、没落する主人公を殉教者として描き、来世の救いを確実視しているところに、グリューフィウスの悲劇の特色がある。また、ダニエル・カスパー・フォン・ローエンシュタイン（一六三五—一六八三年）も、バロック悲劇を語るのに欠かせない作品を残している。『イブラヒム・スルタン』（一六七三年）などのトルコ悲劇や、皇帝ネロによる母アグリッピーナ殺害を描いた『アグリッピーナ』（一六六五―一六六六年）のようなローマ悲劇もあるが、中でも前三一年のアクティウムの海戦を題材にした『クレオパトラ』（第一版、一六六一年）が彼の代表作である。ローエンシュタインの場合は、主人公たちのために来世の永遠の救いを重点に置いているわけではなく、宿命に翻弄されつつも、愛と君主としての義務のはざまで苦悩し、やがて破滅していくという、現世での彼らの生き様が前面に押し出されている。

バロック時代には、文学上の新ジャンルである散文も誕生する。ここでは、重要なものにとどめて紹介しよう。前述したフレーミングの友人アーダム・オレアーリウスは、自国経済の立て直しのため、ペルシア貿易参入を狙っていたシュレスヴィヒ・ホルシュタイン公フリードリヒ三世の命により結成されたゴットルプ使節団の秘書を務めた。その際彼が書き留めたものが、『モスクワ・ペルシア旅行記』（増補版一六五六年）という旅行記である。また、小説もこの時代にようやく登場する。当時よく読まれたものとしては、一六二六年に前述のマルティン・オーピッツが翻訳したジョン・バルクレ（一四七五頃―一五五二年）の『アルゲニス』や、スペイン発祥の『アマディス・デ・ガウラ』（一五〇八年）など、宮廷歴史小説もあるが、特筆すべきは、ハンス・ヤーコプ・クリストッフェル・フォン・グリンメルスハウゼン（一六二二頃―一六七六年）が一六六八年に発表した『ジンプリツィシムス』であろう。これは、三〇年戦争の惨禍を彷彿とさせる描写、現世否定の価値観など、一七世紀の時代感情を巧みに織り込んだ主人公の冒険物語で好評を博した。

バロック時代も末期にさしかかると、次世代を予感させる詩人たちが登場する。詩人ヨーハン・クリスティアン・ギュンター（一六九五―一七二三年）は、恋愛を語るその詩作品によって、従来のバロック詩人にはない型破りの手法、個人の体験や感情に正直な詩作を実践した。また、クリスティアン・ヴァイゼ（一六四二―一七〇八年）は、アレクサンドリーナー詩型を放棄した悲劇『ナポリの反乱指導者マサニエロの悲劇』（一六八二年）を発表した。これは、ギムナージウムで生徒の演説能力を鍛えるために上演される学校劇のためのテクストだが、生徒の将来の演説実演に役立つために、敢えて散文形式で書いたものであった。

以上のように、バロック期は、オーピッツの詩論に触発された詩人たちが韻文の創作活動に励む一方で、小説などの散文も新たに登場した時代だった。宮廷社会と民衆社会の違いこそあれ、諸作品は無常と死といった当時の支配的な時代感情を反映していた。だが、こうした諸作品から、旧来の価値観に異を唱え、常識に囚われず自分の頭で考える自我の芽生えを彷彿とさせるものも徐々に現われ、その傾向は次世代への橋渡しになっていった。

二．二．二．ヴァニタスについて

ドイツ・バロック文学に見られる代表的モチーフとして、ヴァニタス（虚無、vanitas）が挙げられる。これは、この世のすべてのものに一切の価値や意味を認めない思想的態度である。あらゆる物事は時とともに移り変わり、恒常的なものは存在しないとする点で、仏教における「無常」観とも似ているが、ヴァニタスの場合、永遠の存在である神に対置して、生の儚さや現世の富の虚しさが説かれる。そして、ヴァニタスの思想が急進化すると、この世の一切の物事の価値や意味が否定される。
ここで、ヴァニタスをモチーフにした例をいくつか挙げてみたい。アンドレーアス・グリューフィウスのソネット『ものみなすべて空なり。』は、ヴァニタスをうたう代表的な詩である。

お前が見渡す限り目にするのは、地上の空虚のみ。
こちらの人間が今日築くものを、あちらの人間が明日には取り壊す。
今、都市が栄えているところは、草叢となって
羊飼いの子が羊と戯れるところとなるだろう。
今、華々しく栄えるものは、やがて足蹴にされる運命となろう。
今、誇らしげに自慢するものが、明日には灰と骨と化す。
どんな金属も、どの大理石も、何物も、永遠ではあり得ない。
今、幸運が我々に微笑みかけても、やがて苦痛が雷のように我々に襲いかかる。
崇高な行いの名誉ですら、たったひとつの夢のように消え去る。
ちっぽけな存在である人間は、時の戯れにいったいどう耐え抜くというのだろう。
ああ、我々が貴重と思うこれらのものすべては、何であるか。
それは単なる空虚、影、塵と風に過ぎない。
それはすなわち、二度と誰も見つけない草叢の花に過ぎない。

永遠なるものを、人間は誰ひとりとして、まだ見ようとはしないのだ。[38]

現世において、人間が営々と作り上げる事物はすべて、いずれは没落の一途を辿り、「単なる空虚、影、塵と風に過ぎない」。これらに対置して、グリューフィウスが最後に提示するのが「永遠なるもの」である。それは、すなわち神のことに他ならない。このことは、彼の別作品『空なり。空の空なり。』において、さらに直截に示されている。

一四．この世と名誉を笑え。
恐れと希望、恩恵と教訓を笑え。
そして、主に嘆願するがよい。
主は常に王であり続け、
時間から追放されることもなく、
唯一、永遠なるものにすることのできる御方である。[39]

「常に王であり続け」、「唯一、永遠なるものにすることのできる」神は、虚無とは対極の絶対的な存在として描かれている。ソネット『神秘の永遠をご教示くださる神の日曜日に。あるいは、聖なる三位一体（の祝日）の後の第一日曜日に。』においても、永遠と神の密接な結び付きを認めることができる。

長い年月をあてにできる人がいようか、
青ざめた死神が我々を一瞬のうちにさらうこの時代に。
永遠という価値ある城が、我々には約束されているのだ。
誰がこの世という暗い谷を好んだりしようか。
神こそが我々の友であり、最高の楽しみでなくてはならない。
いったいなぜ我々は、地獄の苦しみの中で、
友人の目の前で友人をもっと悲しませる人々を尊重するのだろうか。[40]

この場合、「永遠という価値ある城」は神というよりむしろ天国を表すと言ってもよいだろう。しかしもちろん天国を統括するのは、「永遠」を属性とする神である。

［38］Gryphius, A.: Es ist alles Eitel. In: ders.: Gedichte. Eine Auswahl. Text nach der Ausgabe letzter Hand von 1663. Hg. v. Adalbert Elschenbroich. Bibliographisch ergänzte Ausgabe. Stuttgart 1996, S. 5.
［39］Gryphius, A.: Vanitas! Vanitatum Vanitas! In: ders.: a. a. O., S. 94.
［40］Gryphius, A.: Auff den Sontag des von der geheimen Ewigkeit lehrenden Gottes / oder 1. Sontag nach der H. Dreyeinigkeit. In: ders.: a. a. O., S. 47f.

さて、永遠なる神と対置されるヴァニタスは、一七世紀のドイツを荒廃させた三〇年戦争の戦禍に対する当時の人びとの感情を反映していると言っても過言ではない。戦闘や略奪や疫病によっていつ死と直面するかわからない時代、農民も兵士も君主も、先行きの見えない生に対する不安や恐怖を克服する必要があった。グリューフィウスの詩の中にも不安や恐れは言及されている。しかし、それはむしろ移ろいやすい現世の富や栄誉への依存心ゆえに起こる感情と見なされているようである。現世への執着を克服することで精神の平安を得ることが、彼にとっての重要な徳である。このとき彼が参照したのは、「新ストア主義」思想であった。

二．二．三．新ストア主義

ベルギーの人文主義者ユストゥス・リプシウスは、一五八四年オランダのライデンで『公の不幸の下で特に慰めを含む恒心論二巻（以下、『恒心論』）』を発刊した。[41]『恒心論』は、青年リプシウスと老人ランギウスの対話編である。祖国の騒乱を逃れ、オーストリアのウィーンへ向かうリプシウスは、逃亡の途中でリエージュに立ち寄り、ベルギーで最高の賢者ランギウスに会う。リプシウスは、ランギウスによって「恒心」の意義についての教えを受ける。「恒心」とは、「臆見（opinio）」を排し「理性（ratio）」を働かせて、精神の強さを保つことを指す。この主張は、情念の無い状態「アパテイア」を説いた古代のストア派と通じるものだが、古代のそれと区別して「新ストア主義」と言われる。リプシウスは自著の中で、人間を肉体と精神の二つから成る存在と見なす。肉体が卑しく地に近いものと規定される一方、精神は高貴で天に近いものとされる。誤った判断力である「臆見」が肉体の側に属するのに対して、「理性」は精神が有する正しい理解力ないし判断力である。

古代ストア派のセネカは、理性は善であり、神の精神の一部であって、自然に合致するものと見なしたが、リプシウスは、「理性」を必ずしも善と一致させるわけではない。彼の場合、「理性」はあくまで正しい判断力のあり方を示すに過ぎない。また、セネカの場合、理性によって怒りなどの世俗的情念を超越することが目指されるが、リプシウスの『恒心論』が説くのは、「理性」によって外部の動きに動揺しない精神の強さを獲得することである。精神の強さとは、「理性」に基づいて正しく判断し行動を起こそうとする心のあり様のことであって、必ずしも俗世からの隔絶を意味するわけではない。古代ストア派が俗世超越的な境地に至ろうとするのとは一線を画し、リプシウスは、「理性」で以って情念を統御し抑制するというより現実的・世俗的な目標を立てる。この点で古代ストア派とは異なるのである。[42]

三〇年戦争をはじめとした国家的騒憂や社会不安の下、悲惨な状況にあってもいたずらに心を乱されない精神的な強さを説く『恒心論』は、バロック詩人たちに強い影響を与えた。[43] その典型例として、パ

［41］ Lipsius, J.: Von der Bestendigkeit [De Constantia]1601. [Faksimiledruck 1965].
［42］ 山内進『新ストア主義の国家哲学――ユストゥス・リプシウスと初期近代ヨーロッパ――』千倉書房、一九八五年、八六頁。
［43］ Forster, L.: Nachwort. In: Lipsius, a. a. O., S. 21*.

ウル・フレーミングのソネット『自らに宛てて』を採り上げたい。

それでもなお、臆するな。それでもなお、諦めるな。
どのような運命からも逃げるな。妬みを超えた高みにいるがよい。
自らを楽しみ、たとえ運命や場所、時代が
結託してお前に逆らったとしても、それを苦しみと考えるな。
お前を悲しませたり元気づけたりするもの、これらすべては選ばれたものと思え。
お前の宿命を受け入れよ。すべてのことに後悔するな。
為されねばならぬことを為せ、誰かがお前に命じる前に。
お前が望めば、それはいつでも生じてくるのだ。
人はいったい、何を悲しみ、何をほめたたえるのか。その人の不幸と幸運は、
その人自身に特有のものだ。あらゆる事物をとくと見るがよい。
これらすべてのことは、お前の内にある。虚しい迷妄を捨て去れ。
そして、お前が前進する前に、お前自身の中へと戻って行くがよい。
自分自身を制御し支配できる者に、
この広い世界とすべての物事の方が従うのだ。[44]

冒頭の「それでもなお」とは、過酷な現実世界のあり様を踏まえた上での言辞である。「妬み」や「虚しい迷妄」は、リプシウスが規定する「臆見」と同様のものである。リプシウスが言う「理性」とは、いかに悲惨な境遇にあってもそこから逃避せず、臆せず（unverzagt）、自らを制御し支配できる（sich beherrschen kan）心の持ち方を表す。

前述のグリューフィウスも、リプシウスの思想に強く影響を受けた一人である。例えば、悲劇『グルジアのカタリーナ。あるいは実証された恒心。』（一六四七年）では、その前書きにおいて、筆者自身がカタリーナのことを「この時代に滅多に聞かない程、筆舌に尽くしがたい恒心の範例」と述べている。ペルシアのアッバース王に征服され、敵国の牢に捕らわれの身になり苦悩するこのグルジアの女王の、何事にも動じない志操を、彼は悲劇という形で描く。特にカタリーナの信念の強さが感じられる場面を三つほど引用してみたい。

悲劇が大詰めを迎える第四幕において、カタリーナはアッバース王の提示する究極の選択——アッバースとの結婚あるいは死——に際し、キリスト教徒としての信仰を堅く守ることを決め、死を選ぶ。

---

［44］Fleming, P.: An sich. In: ders.: Deutsche Gedichte. Bibliographisch ergänzte Ausgabe. Stuttgart 2000, S. 114.

カタリーナ

彼〔アッバース王〕がこの鎖を二つに裂き、
私をグルジアへ帰らせてくれるならば、私は本当の意味で自由になります。
そして、王に跪き、王の手にキスをし、
忠誠と奉仕を誓うことでしょう、この身が果てるまで。
しかし、この〔私の〕精神がキリスト教徒であると宣言しないことを、
王が望んでいるのなら、
そういうペルシアの王冠を被ることで得る自由は、私にはあまりにも重すぎます。[45]

カタリーナ

この肉体が幾千の苦痛の内に果てる方がよほどましです。
この血が切り裂かれた心臓から
地面へ注いで刑吏を染める方がよほどましです。[46]

そして遂にカタリーナが処刑され、グルジアの女王の死を見届けた侍女セレナが、カタリーナの最期を次のように語る。

セレナ

この世の奇跡とも言える
あの汚れなき御方〔カタリーナ〕は、その御心を
もう永遠なる神がご支配なさっておられましたが、ご覚悟をお決めになられ、
苦痛と死に立ち向かわれました。あの御方は、ご自身の内に炎をお感じになり、
その炎によってご自身をすっかり燃え上がらせたのです。あの御方を見た者は、
何と堂々としていることかと思いました。
殺害に携わった者達ですら、あの御方のひどい苦痛を嘆き悲しんだにもかかわらず。[47]

---

［45］Gryphius, A.: Catharina von Georgien. Oder bewehrte Beständikeit (Catharina), 4. Abh., V. 111-116. In: ders.: Dramen. Hg. v. Eberhard Mannack. Bibliothek der frühen Neuzeit. Hg. v. Wolfgang Harms [et al.]; Abt. 2. Literatur im Zeitalter des Barock; Bd. 3., 1. Aufl. Frankfurt am Main 1991, S. 192.

［46］Catharina, 4. Abh., V. 121-123. In: Gryphius, a. a. O., S. 192.

［47］Catharina, 5. Abh., V. 31-36. In: Gryphius, a. a. O., S. 207.

自らの信念を貫き通すカタリーナの姿は、「臆見」に惑わされてアッバース王との結婚という「世俗的で虚栄的な愛[48]」を選ぶのではなく、「理性」の下に正しい判断を下し、死でもってキリスト教の神のもとへ赴くことを意味する。それは「神聖で永遠なる愛[49]」の選択であり、その死によって彼女の姿は輝きを増すのである。カタリーナの死は、どのような悲惨な状況に置かれていても「理性」に従って冷静な判断を下す「恒心」を表象している。これは次に述べるエンブレムの表現技法と通じるものがある。

二．二．四．エンブレム（寓意画）

バロック時代の文学には、諸々のアレゴリー的表現が使用された。その典型が、抽象概念の擬人化である。グリューフィウスの『グルジアのカタリーナ』では、劇の冒頭に女神の姿をした「永遠」が登場し、この世の悲惨さを物語る。アレゴリーは、一般的には、ある特定のイメージを用いて表面的意味とは異なる意味を伝える表現手法だが、そのイメージはアレゴリー作家の創意によるものである。しかし、本書で中心的に扱いたいのは、アレゴリーの一種としてのエンブレム（寓意画）である。機能自体は前述のアレゴリーと変わりないが、イメージを専ら自然から取り寄せる点に特徴がある。[50] このエンブレムは、特にバロック悲劇に多用され、言葉そのものの意味よりもさらに奥深い人生や世界の真理を暗示し、悲劇に奥行きを与える。

エンブレムは、通常三つの部分から構成される。エンブレムの最上部には表題（インスクリプティオ inscriptio）、中央部には図像（ピクトゥーラ pictura）、最下部には説明（スブスクリプティオ subscriptio）

が配置される。

バロック悲劇のテクストにおいて、エンブレムは図像として登場し、一種の比喩表現として機能する。数あるエンブレムの中でも、特に悲劇で多用されたのは、勝利を表す月桂冠のエンブレムである。グリューフィウスの『グルジアのカタリーナ』第一幕では、女神の姿をした「永遠」が、驕り高ぶる者が後には没落し悲惨な境遇に陥ることを次のように表現する。

永遠

勝利者の月桂冠ですら、糸杉の枝に変じたことも多かった。[51]

［48］Catharina, Grossgünstiger Leser. In: Gryphius, a. a. O., S. 119.
［49］Ebd.
［50］勿論、自然以外にも神話上の人物や怪物、抽象概念の擬人化などから題材を取り寄せたエンブレムもあるが、自然から取材したものが圧倒的に多いことは事実である。Vgl. Henckel, A./Schöne, A.: Emblemata. Handbuch zur Sinnbildkunst des XVI. und XVII. Jahrhunderts. Taschenausgabe. Stuttgart/Weimar 1996.
［51］Catharina, 1. Abh., V. 23-24. In: Gryphius, a. a. O., S. 126.

この場合、月桂冠は勝利者もしくは人生の最盛期にある人間として、糸杉は悲しみの象徴として使われていることを読者は理解しなければならない。バロック悲劇は、同じグリューフィウスの『カルデニオとツェリンデ』を除けば、殆どが宮廷を舞台にしているので、王冠とほぼ同意義で使われた月桂冠は、悲劇を手掛けた殆どの詩人によって使用されている。

周知の通り、悲劇には災難がついて回るものだが、ダニエル・カスパー・フォン・ローエンシュタインの『クレオパトラ』では、主人公クレオパトラが夫アントニウスに対して、エジプトがこれから被るであろう災難の前兆を、「涙を流す鰐」のエンブレムで語る。

クレオパトラ

宮廷中を死者の霊がさまようのが見えました。
涙を流す鰐と、唸り声を上げる聖なる蛇が見えました。
見覚えのない竜が、私の神殿の中へ入り、
蒸気と煙の中からシュッと音を立てて別れを告げた時に。[52]

「涙を流す鰐」は、エンブレムでは不実のしるしとされ、この場面では、エジプト・アントニウス軍の敗北を知らせる凶兆であると、クレオパトラは解釈している。

バロック悲劇の主人公たちは、災難に見舞われながら、悲壮な覚悟を持って、自ら死に臨む。自らの志操の固さと覚悟の程を示す彼ら自身の言葉には、前述の新ストア主義を連想させる発言が垣間見える。グリューフィウスの『高潔な法学者。あるいは死にゆくパピニアーヌス。』（一六五九年）では、主人公である王侯かつ法学者パピニアーヌスが、法の番人としての使命に忠実であろうとするがゆえに、命を落としてしまう。彼は、弟殺しを犯したバシアーヌス帝の王者にあるまじき不正を許せず、皇帝在位に関する法をバシアーヌスに都合の良いように改変することを断固として断ったため、バシアーヌスによって役職を解かれ、更には皇帝反逆罪に問われて死刑宣告を受ける。だが、パピニアーヌスは、自分の命を犠牲にしてでも、法の正義と自らの志操を固く守ることを、妻プラウティアに次のように打ち明ける。

パピニアーヌス
　高貴な棕櫚の木は、重しを乗せられる程よく成長するものだ。[53]

---

[52] Lohenstein, D. C. v.: Cleopatra (1660) [Stuttgart 1965] S. 26, 1. Abh., V. 323-326.
[53] Gryphius, A.: Grossmüttiger Rechts-gelehrter / Oder Sterbender AEmilius Paulus Papinianus. (Papinianus), 4. Abh., V. 287. In: ders.: a. a. O., S. 393.

パピニアーヌス　本物のダイヤは滅びない。堂々たる岩礁は崩れない。[54]

「棕櫚の木」のエンブレムは、苦難に耐えてよく成長する人間を意味し、「ダイヤ」と「岩礁」は、外部の状況に惑わされず、信念を貫き通す人間を意味している。この点で、これらのエンブレムは新ストア主義を反映している。

以上のように、バロック悲劇のテクストには、各場面にエンブレムが散在し、比喩表現として使われている。だが、悲劇においては、エンブレムの直接的使用の他に、悲劇の構成の仕方や表題の表し方など、形式面にもエンブレムに通じる機能がある。これについての詳細は、第四章で述べる。いずれにしても、エンブレムはバロック文学を形式面から規定する最も重要な要素であると言うことができる。

二.二.五.宮廷文化の反映

前述のように、ドイツ・バロック悲劇の舞台はその殆どが宮廷である。勿論これは、オーピッツの『ドイツ詩学の書』による厳密な悲劇の規定にのっとった結果であるが、実際に宮廷こそが当時の文化の中心に位置していたことも事実である。バロックの宮廷の模範はフランス王家のそれであり、一七世紀後半にルイ一四世が建築させたヴェルサイユの宮廷はその頂点をきわめたものである。ドイツ各領邦の宮廷がフランス宮廷の縮小版レプリカであることは否めない。[55]だが、オーピッツとグリューフィウス、ローエンシュタインらを輩出し、バロック文学が最大の成果を挙げた中心地シュレージエンの場合、ウィーンのハプスブルク家の宮廷からの影響も考慮に入れる必要がある。ヴェストファーレン条約後、ドイツにおける各領邦に宗教上および政治上の主権が認められ、領邦割拠が固定し、戦後のヨーロッパ情勢でのフランスの絶対優位が確実化する中で、神聖ローマ皇帝としてのハプスブルク家の支配力が衰えたことは事実である。[56] しかし、オーストリアがドイツ語圏において持つ影響力は依然として大きく、[57] 特にドイツのカトリック圏の中核として、ハプスブルク家は文化政策及び教会政策的な面で中心的な役割を演じ続けた。シュレージエン地方はプロテスタント圏ではあったものの、一六世紀以来オーストリアに帰属しており、[58] 必然的にハプスブルク家の宮廷を志向していた。[59] 実際、オーピッツは人文主義

［54］Papinianus, 4. Abh., V. 289. In: Gryphius, a. a. O., S. 393.
［55］ドイツのみならず、広くヨーロッパにおいてフランス宮廷の暮らしぶりは、バロック文化そのものの意味で宮廷風の手本とみなされていた。Freund, a. a. O., S. 130.〔フロイント、前掲書、二二七頁〕
［56］江村洋『ハプスブルク家』講談社、一九九〇年、一四一頁。
［57］Nadler, J.: Das bayerisch-österreichische Barocktheater. In: Alewyn, R. (Hg.): Deutsche Barockforschung. Köln/Berlin 1965, S. 103.
［58］Brockhaus. Die Enzyklopädie in 24 Bänden. Leipzig/Mannheim 1998, Bd. 19, S. 352.
［59］Müller, G.: Höfische Kultur der Barockzeit, Halle 1929, S. 96.

的な学識を持つ廷臣であったし、グリューフィウスとローエンシュタインは、官吏として宮廷に仕える立場にあった。[60]

既述のように、封建制が崩壊すると、貴族たちは君主に直接伺候するべく宮廷に集まり、中央集権的な絶対王政に基づく宮廷文化が形成される。例えば、ブランデンブルクの場合、貴族がかつて有していた財務行政の権限が、合理化のため中央官庁に集約され、貴族の既得権益が奪われたほか、市民出身の学識官僚が宮廷に進出したことで宮廷が肥大化し、宮廷人たちの権益が分散していったが、このことも、貴族が封建時代に比べてその存在感を失っていった理由である。いずれにしても、このような政治システムの変化により、君主の宮廷が政治・社会の中心であるにとどまらず、文化の中心にもなっていったことは言うまでもない。とはいえ、宮廷社会は依然として元来の出身身分によって分割されていた。[61]文化の面では、中世以来のスコラ学の伝統と一五・一六世紀以来の人文主義の伝統が根強く残っていた。例えば文学分野は、修辞学の伝統によって強く規定されていた。何かある特定のテーマについて述べるときには、例えばそれが説教なのか対話なのかエピグラムなのかによって表現の形式を選択し、修辞学の伝統に即した方法で正しく語られなくてはならない。修辞学では、場所や機会に適した語り方を正しく使い分けることが肝要とされたからである。[62]このような規則には、当然のことながら、場所や機会に応じて振舞い方を的確に区別することも含まれる。オーピッツの『ドイツ詩学の書』のような厳密な文学ジャンルの区分法の前提にあるのは、こうした言語行動の「型」を重視する発想法である。悲劇において王侯貴族が荘重なアレクサンドリーナー詩型で語るのは、国を揺るがすほどの重大な決定を行う立場にある者にふさわしい言葉の使い方を要求されているからである。[63] 喜劇で下層階級の人々が俗語調で語るのは、それが、王者のような重責も無く悲壮感からは程遠い存在にふさわしい語り方であるからに他ならない。このように、厳密な文学ジャンルの区分は宮廷を中心とした社会の階層構造を反映しているのである。

---

［60］Müller, a. a. O., S. 91f.

［61］山崎は、ブランデンブルクの宮廷における例をもとに、領邦内貴族の没落と宮廷の肥大化を詳述する。Vgl. 山崎彰『ドイツ近世的権力と土地貴族』未來社、二〇〇五年、一八〇頁以下参照。

［62］Müller, a. a. O., S. 83f.

［63］フロイントは、「バロック文学では、調子の高い文体で深刻かつ崇高な題材を扱う場合、荘重なアレクサンドランが好んで用いられるようになった。この詩行は三番目の強音部のあとに韻律上の休止（句切れ）を持つことから、生きる喜びと死の悲哀のあいだで揺れ動くこの時代の分裂した生活感情を表現するのにうってつけだったからだ。」と述べる。アレクサンドリーナー詩型は、その分裂的な構成ゆえに、身分の低い者よりもはるかに深く堕ちていく衝撃性や、破滅しながらもなお勇壮な身分高い人間の分裂性を描くのに最適であった。Freund, a.a.O., S.31.〔フロイント、前掲書、三三頁以下〕

一七世紀の政治的・文化的中心としての宮廷は、典型的バロック文化の代名詞である祝祭の場でもある。バロックの祝祭は、君主にとって記念すべき日（誕生日や結婚式、戦勝記念等）を祝うと同時に、祝祭の装飾や祝祭劇で使用されるアレゴリーを通じて、君主の政治理念や統治正当性を顕示する。貴重な清水をふんだんに使用した機械仕掛けの噴水、豪華な盛り付けの食卓、金銀の装飾で飾った祝祭劇の登場人物たちの衣装、開催規模に関しては断続的であるが数ヶ月にも及ぶなど、バロックの祝祭は目も眩むほどの壮麗さで演出されていた。前述のハプスブルク家において、一六六六年から六八年にかけて実施されたレオポルト一世の結婚祝賀を一例として取り挙げてみよう。一六六六年一二月一五日に王宮近くの稜堡から打ち上げられた何万発もの花火に始まり、翌一六六七年一月二四日の馬の大バレエが祝祭の頂点を成す。「構成はしばしば交叉する局面を展開しながら、馬車とその一行の行列、ピストルと剣による馬上試合、シーザーとその祖先の凱旋、最後に馬のバレエと整然たる退出から成っていた。これらすべては慣例的に音楽、アリア、合唱（女王のイタリア宮廷オペラ歌手たちによる）に飾られて、三万一〇〇〇人の部分的には騎行する出演者たちの多彩きわまる色彩の戯れによって万華鏡的に再現され、幾何学的正確さをもって試合場を飾った。とりわけ圧倒的な印象を与えたのは、細部に至るまで全体のイデーに合せられたその造形的な美しさであった。[64]」予行練習などの準備に五カ月をかけた四時間に及ぶ馬の大バレエは、レオポルト一世本人を驚嘆させるほど規模も費用も莫大であった。

同じように君主の威光を顕示するという目的を持っているにせよ、中世における宮廷祝祭とバロックのそれとの間には決定的な違いがある。馬上の槍試合を例に挙げれば、中世においては、騎士としての貴族がいまだに軍事力の上で重要な位置づけにあり、槍試合は一種の軍事教練的性格を有していた。騎士たちは本物の武器を持って参加し、試合中の負傷もまれではなかった。君主が試合中に臣下の攻撃を受けて負傷することも当然あった。[65] しかし、封建制から絶対王政へ移行したバロック時代における馬上槍試合は、壮大な規模の騎馬行列と群舞に過ぎない。本物の武器を使って試合がなされることはないので、軍事教練的意義は失われている。これは、バロック時代に宮廷に集まった貴族たちが、既に軍事力としての重要性を持たなくなったことの反映でもある。

二．三．まとめ

以上、バロック時代の文学の特徴を列挙してきたが、これを踏まえて様式としての「バロック」を総括的に規定しようとする場合、「自己確認」という態度をその中心に読み取ることができるように思わ

〔64〕Alewyn, R./ Sälzle, K.: Das große Welttheater. Die Epoche der höfischen Feste in Dokument und Detung. Hamburg 1959, S. 105f.〔リヒャルト・アレヴィン／カール・ゼルツレ『大世界劇場』円子修平訳、法政大学出版局、一九八五年、一五〇頁以降〕

〔65〕最も有名なのは、一五五九年、娘の結婚祝宴の馬上槍試合で負傷して急死したフランス王アンリ二世のケースであろう。Vgl. Alewyn/Sälzle, a. a. O., S. 16f.〔アレヴィン／ゼルツレ、前掲書、一七頁を参照〕

れる。混乱と動揺の時代であるがゆえに、自らが立脚する位置を見定めたいという欲求が、表現の背後に存在するからである。[66]

一七世紀のドイツは、三〇年戦争により国土が荒廃し、戦況に応じて平気で宗旨替えする領邦もあるなど、精神的な基盤もぐらついていた。そもそも三〇年戦争は、カトリック国のフランスがプロテスタント国のスウェーデンと連繫したことからもわかる通り、単なる宗教戦争ではなく、ヨーロッパ諸国が政治的・経済的利害をむき出しにして争った覇権戦争である。社会システムの観点から言えば、一七世紀は、封建制が終焉し、近代へ向けて各国の政治・経済システムが再編・強化されていく過渡期であり、その過程で現れたのが絶対王政という政治形態であった。学術面においても、中世スコラ学や一五・一六世紀の人文主義やルネサンス的神秘主義が名残をとどめる一方で、ケプラーやガリレイの登場を機に科学革命が本格的に展開し始める。「最後の錬金術師」と呼ばれたニュートンによって近代力学の基礎が完成されたことは、この過渡期を最もよく象徴している。

このように、一七世紀は、様々な面で混乱と移行の時期であった。それゆえ人びとは、変転目まぐるしい時代の流れに動揺せず、的確な判断をもってこの過渡期を生き抜くために、現在の自分のポジションがいったいどこに位置づけられるのか、常に確認を迫られていた。こうした状況が、バロック文学に様々な形で反映されていると考えられる。詩人たちが代弁するヴァニタスや「恒心」の思想は、不確実な世界を諦観しつつ精神の安定を得ようとする欲求の現われである。エンブレムもまた、具象的なイメージに仮託することで、世界のあり様を確認しようとするものと読める。壮麗な宮廷祝宴は、封建的な

［66］ウンベルト・エーコは二〇〇九年のシュピーゲル誌のインタビューで、あらゆる文化現象の根本には「目録 Liste」でもって事象をとらえようとする精神的営為があることを指摘し、バロック文化について次のように述べている。「バロックという時代は、目録の時代でした。バロック以前の時代に発見されたスコラ学的定義はすべて、一挙に通用しなくなったのです。人びとは、世界を再び新たな方向から見つめようとしました。」Vgl. Beyer, S./Gorris, L.: Unwiderstehliche Zauber. Der italienische Romancier und Semiotiker Umberto Eco über Listen als Ursprung der Kultur, die Leidenschaft des Sammelns und Aufzählens und die Tragik des Internets. In: Der Spiegel. 45/2009, S. 165. また、塩田によれば、一七世紀のイギリスにおける英語史的変化の場合にも同様の思潮が見られた。「階級間の文化や言語の亀裂には、一七世紀に起きた英語史的変化も関わっていただろう。資本主義の発達によるブルジョワジー進出、デフォーに代表されるジャーナリズム出版の激増、英国版図拡大にともなう交通網と通信網の発達、未知の語彙群の侵入、方言の地位低下と共通語の重視、それにともなう階級方言分化などが複合的に絡み合って、社会の流動性を活発化させ、階層間の語法が混交し、教養人には言葉の乱れとして意識される一方、〈大母音推移〉と呼ばれる音韻変化が発生し、一七〇〇年ころまで続いた。階級的流動による社会的アイデンティティの喪失感から、社会・階級的自己点検と自覚が高まり、階級意識や階級方言に対するこだわりも生じた。」塩田勉「ガリバーの『言語権』感覚——その由来と背景を温ねて——」（早大文学研究会『ワセダ・レビュー』第四〇号、一四—三三頁）二八頁。バロック劇における「自己確認」の態度は、フロイントも次のように指摘している。「十七世紀の人々にとって劇は表現手段であると同時に、自己確認のための設計図（Identifikationsentwurf）のようなものであったが、とりわけ人生への理解を象徴によって深め、人間やその行動と対決する可能性を提示するものだった。」Freund, a.a.O., S. 198.〔フロイント、前掲書、三四七頁以降〕

身分制が崩壊していく中で、あらたな安定的政治体制への移行を貴族や臣民に印象づけると同時に、君主の威光を確認してみせるパフォーマンスであるが、それは君主自らにとっても自己確認のプロセスとして必要だったのである。

一七世紀と同じく、一八世紀後半から一九世紀前半の時期もヨーロッパにとっては「胎動する『新しい時代』とくずれ始めた『古い時代』が長期にわたって並存・同居し、そこにはさまざまな軋轢も生じてくる」[67]過渡期であった。ゲーテはこの時期を目の当たりにして文学を通じた時代考察をする際に、バロックの人びとと同様の手段をとったと思われる。しかし、この仮説でもってすぐに『ファウスト』分析に着手する前に、バロックとゲーテとの間の懸隔がいかに作られたかを確認しておく必要がある。依然と残るこの溝が、両者を関連付けて論じる障壁となっているからである。果たしてこの懸隔が正当であるかどうかを、次章以下で検討する。

[67] 坂井栄八郎『ゲーテとその時代』朝日新聞社、一九九六年、八頁。

第二章

一八世紀の文学理論及びゲーテにおける「バロック」受容

一．一八世紀前半の文学理論における「バロック」克服の動き

ドイツ・バロック文学に属する作品は、一七三〇年代においても依然として版を重ねていた。だが、一七世紀末期になると、クリスティアン・トマジウス（一六五五―一七二八年）のような合理主義的文学批評が登場してきたこともあり、新しい時代に適した文学ジャンルの組み直しが始まる。そうした中

で、バロック文学は徐々に古風で装飾過多なものとして否定的に見られるようになり、やがて感傷主義やシュトゥルム・ウント・ドラングなど、一八世紀文学上の諸潮流の陰に押しやられていった。以下では、一八世紀前半の文学理論におけるバロック克服の動きを辿り、ゲーテの時代の典型的「バロック」観を確認する。その後、ゲーテ自身の「バロック」受容や「バロック」観を探ってみる。

一．一．ゴットシェート

一八世紀前半、ヨーハン・クリストフ・ゴットシェート（一七〇〇—一七六六年）は、合理主義の立場から、『ドイツ人のための批判的詩学の試み』（第四版、一七五一年）[68]において新しい詩学を提案した。彼はこの著作において、文学は人心教化のために存在するという信念の下、文学は規則に適って(regelmäßig)いなければならないと主張する。例えば、演劇においては「三一致の法則」を遵守すべきであり、無理な筋の展開や「道化」のような非合理的な要素は排除しなければならない。これは、あからさまにバロック文学を否定するものであった。ゴットシェートは、バロック小説を実例に挙げながら、登場人物の描写について次のように述べる。

第一に、内容について言えば、長編小説は英雄詩のような手法に従って、歴史上有名な人物の名を冠する必要はない。〔……〕しかし、自分の物語を一層重要なものにするために歴史上の有名な人物を選ぶことは差し支えない。ローエンシュタインはアルミニウスを、プリュッヒェはゼトスを、ラムジーは旅人キュールスを〔……〕、プレヴォー・デグジールはクロムウェルの息子クリーヴランドを起用した。最後の方に挙げた書物は近年書かれた中でも最良の小説である。その理由は容易に察しがつく。なぜなら、ある有名な英雄が登場して、彼の身に起こる事件が、彼の時代の別の物語と関連づけられる場合、その小説は、単に架空の名前の人物を登場させるよりも、はるかに大きい度合いの真実らしさをもつようになるからだ。しかし、筆者が有名な歴史上の人物を登場させることで、自分の執筆のための多くの題材と助けを得る時には、昔のこと、つまり執筆対象にしている物語の当時の歴史に精通していなければならない。有名な事件に矛盾することを物語に入れないためである。しかも筆者は、登場人物たちの性格も変更してはならない。〔……〕したがって、すべての登場人物に自分の時代、自分の国、自分の階級独自の慣習を与える長編物語の筆者は、非常に非難されるべき存在である。『バニーゼ』ではアジアの慣習が、『オクタヴィア』ではローマの慣習が、『アルミニウス』ではドイツの慣習が支配すべきである。しかしながら、当然の規則に逆らって過ちが為されることがいかに多いことか。ローエンシュタインは何と頻繁に、自作中の古代の英雄に博学な学校教員のように語らせていることか。そして、ツィーグラーの描くバラツィン王子は、クリスティアン・シュレータ

［68］ゴットシェートおよび次節のボドマーの引用は、Steinecke, H./Wahrenburg, F.: Romantheorie. Texte vom Barock bis zur Gegenwart. Stuttgart 1999 に拠る。

ーの学校から飛び出て来たかのような大げさな口を訊くソフィストのようではないか。[69]

文学ジャンルに関しては、当該ジャンル毎の書き方の規則が厳密に規定される。以下は長編物語に関してのゴットシェートの見解であるが、物語の主人公の誕生から死までを冗長に叙述するのではなく、主人公の生涯にとって肝要な事柄を優先して述べるべきであるとされる。

長編物語は〔誰かある人物の〕履歴になってはいけないのである。そして、このことが〔次のような〕第三の規則を提供する。つまり、長編物語は、揺りかごから墓場に至るまでを辿るべきではなく、物語の英雄の主要な話のみを、その主筋に属するものすべてと共に語るべきなのである。英雄詩は、神々や霊たち、魔女たち等の不可思議な力を必要とするが、こういう点で長編物語が英雄詩と同じである必要はない。こうしたこと〔神々や魔女たちの力を登場させること〕は、長編物語の出来を駄目にするだろう。なぜなら、こうしたことは、長編物語の信憑性を失わせかねないからだ。[70]

冗長さと同時に回りくどい装飾過多な表現がバロック小説の特徴であるが、こうした文体をゴットシェートは以下のように批判する。

第四番目として、書き方について言えば、ドイツでは長らく、書き方を考えの上で非常に空想的に、つまり、誇張して大げさにするのが確かに流行していた。例えば、『アルミニウス』や『バニーゼ』やその他の無数の作品がその例を示すように。しかし、もっと理性と真実に則って違和感のない方法で語ることは、うわべだけで見栄え良く輝くような表現よりもはるかに大きな印象を人々の心に生みだすのである。概して、こういう見せかけだけの表現は、そうする張本人たちの弱点をさらけ出すのである。したがって、長編物語での書き方が歴史の書き方に近づけば近づくほど、それだけ一層長編物語の書き方は良くなるのである。[71]

ゴットシェートは、以上のようにバロック時代の文学の否定を通じて、合理主義の思潮に合致する文学ジャンルを厳密に規定しようとした。ゴットシェートの詩論は確かに一八世紀前半における指針の役割を果たしたが、反面、その杓子定規さが多くの反論を誘うことにもなった。

［69］ Gottsched, J. Ch.: Versuch einer Critischen Dichtkunst. 4. Aufl.(1751). In: Steinecke/Wahrenberg, a. a. O., S. 134f.
［70］ Gottsched, a. a. O., S. 136.
［71］ Gottsched, a. a. O., S. 136f.

一．二．ボドマーとブライティンガー

ゴットシェートの文学論に対する反論者として、まず、スイス派と呼ばれる批評家たち、すなわち、ヨーハン・ヤーコプ・ボドマー（一六九八―一七八三年）とヨーハン・ヤーコプ・ブライティンガー（一七〇一―一七七六年）が挙げられる。文学は人心教化のためにあると考える点、そして、バロック文学の欠点を克服しようとする点では、彼らもゴットシェートと同様である。しかし、彼らは、不可思議なものや、現実世界にはあり得ないものも、文学において表現してよいと認めていた。こうした要素は、ゴットシェートが頑なに否定していたものだが、スイス派は描写される事物の規制をゆるやかにすることで、文学表現の豊かさを失わないことを目指したと言える。

ボドマーの『詩人たちの詩的絵画に関する批判的考察』（一七四一年）では、バロック小説『シリアのアラメナ』と『ローマのオクタヴィア』を採り上げ、恋愛に関して見られる登場人物の性格描写の不統一を指摘している。だが、その一方で、物語の登場人物に自ら語らせるという語りの手法や、不可思議だが無理のない出来事の展開の仕方に賛辞を贈っている。

二人の高貴な筆者による二つの小説、すなわち、『シリアのアラメナ』と『ローマのオクタヴィア』を、任意の想定し得る世界の物語の例として挙げたが、これらの作品は、自らに必須とされるすべての真実らしさが含まれていることを伝えるものであるように、私には思われる。私は前者をかなり熱心に読んだが、全般

的に見てドイツでこのような形式〔小説〕で発行されたその他の書物よりもはるかに優れていることが実際にわかった。特に私が驚いたのは、諸々の状況の多さと多様性であり、この諸状況は一般的な交際に見られる些細な偶然の出来事の中に非常に深く広がっているような状況である。〔私が驚いたことは〕演出または筋の展開の巧みさである。すなわち、詩人〔筆者〕本人はほとんど語らず、登場人物たちに自ら語らせるのであり、そうすることで彼らの語り自体が筋の展開になる。純粋で均等な書き方にも驚嘆した。これは、有無を言わせぬ断定のことばときわめて独自な語り方の使用によって、好ましく生き生きとした、印象強いものになる。〔この小説の〕好ましく生き生きとした光の中で、時折感動が沸き起こる。出来事の豊かさと珍しさ、そして、不可思議だが無理のない出来事の絡み合い〔も驚嘆に値する〕。この小説の各部分は非常に詳しく描かれており、その詳しさは、叙事詩の筋の統一と叙事詩の登場人物の偉大さと崇高さ、その他の筆致における周知の部分ゆえに当然叙事詩が自らについて誇るような美点を除けば、ジャンルの垣根を越えて叙事詩を模倣しているほどである。したがって、私が見るところ、この小説においては〔登場人物たちの〕変わらぬ性格から生じる真実らしさにきわめて抵触することがあると、それだけ一層〔叙事詩的な面が〕表に表れるのである。ここでもし不均等な点を挙げるとすれば、それは、人間が本来持っている愛と、この小説〔詩〕の登場人物たちに帰せられる愛の間に見られる不均等である。[72]

---

［72］ Bodmer, J. J.: Critische Betrachtungen über die Poetischen Gemählde Der Dichter (1741). In: Steinecke/Wahrenburg, a. a. O., S. 112f.

ブライティンガーの『批判的作詩法』（一七四〇年）には、文学における表現対象の許容範囲を、「不可思議なもの」にまで拡大しようとする意図が窺える。

それゆえ詩人は事実をありそうなこととして表現し、ありそうなことを不可思議なものとして表現しなければならない。だから、詩における真実らしさは、常に真実のものを持つのであり、同様に、不可思議なものは、詩においては根底に真実らしさを持つのである。〔……〕不可思議なものの源泉のうち、真実らしさからはもっとも遠く離れている一番の主要な源泉は、次のような種類の創造にある。つまり、詩人が、現実の中や、現実とは別様に作られている世界があるとして、その中に存在する法則に従えば可能と考えられるものの中で自然を模倣するだけでなく、詩人の想像力によって全くあたらしいものを創り上げ、そして全くの実体を持たない事物を現実の人間として登場させ、〔擬人化された〕これらの事物に肉体と魂を与えて、これらの事物に様々な理性ある行動をし、意見を言う技を与える種類の創造である。あるいは、すでに現実の世界に存在するものを、より高次な性質の威厳をもつものへ高める創造である。その場合の創造は、詩人が、森や河川、風景、その他すべての無生物に思考と言葉を与える場合には、生命のない被造物に意見と思考を与えることによって行われる。または、動物が自分の領域で持つよりもより多くの知性と理性を動物に与え、彼らが持たない分節化できる声をも与えることによって行われる。〔このようにして〕前者〔無生物に思考と言葉を与えること〕からは寓意的な種類の教訓話が、後者〔動物に知性を持たせて語らせること〕からはイソップ的な教訓話が生まれたのである。[73]

ブライティンガーは、現実世界における「事実」と「ありそうなこと」をそれぞれ、詩の世界における「ありそうなこと」と「不可思議なもの」へとずらして適用する。こうすることにより、実際に存在しないものを文学の中で描写することを容認し、ゴットシェートの文学論の杓子定規さを乗り越えようとした。

一．三．レッシング

スイス派の他、ゴットホルト・エフライム・レッシング（一七二九―一七八一年）もゴットシェートの文学論を批判した。『ハンブルク演劇論』（一七六七―一七六九年）[74]において、彼は演劇における道化の登

[73] Crüger, J. (Hg.): Joh. Christoph Gottsched und die Schweizer J. J. Bodmer und J. J. Breitinger. Tokyo (Sansyusha) 1974, S. 163f.

[74] Lessing, Gotthold Ephraim: Hamburgische Dramaturgie. Hg. v. Klaus Bohnen. In: Lessing, G. E.: Werke und Briefe in zwölf Bänden. Hg. v. W. Barner [et al.]. Frankfurt am Main 1985, Bd. 6.『ハンブルク演劇論』からの引用は、ゴットホルト・エフライム・レッシング『ハンブルク演劇論』南大路振一訳、鳥影社・ロゴス企画部、二〇〇三年に拠る。

場に関連して、ゴットシェートの厳格な規定に対して次のように反論する。

ノイバー夫人が総長閣下ゴットシェート教授の庇護の下に（sub Auspiciis）、彼女の劇団から公然と道化を追放したとき、「規則正しい」（regelmäßig）と呼ばれることを念願したドイツのすべての劇団は、この追放に賛同するかに見えた。見えた、と私は言う。というのは、要するに彼らはまだら模様のジャケットと名前を廃棄しただけで、道化そのものは温存したからだ。彼女自身、道化が主役である作品をいくつも演じた。しかし道化は彼女のところでは「小さなハンス」（Hänschen）と呼ばれ、衣服もまだら模様ではなく真白だった。まさに良き趣味にとっての偉大な勝利だ！『偽りの告白』には道化が登場するが、独訳ではペーターになっている。すでにノイバー夫人は亡く、ゴットシェートも同じだ。このあたりでペーターにまた例のジャケットを着せては、と私は思うのだが。――これは真面目な話だ。もし道化が仮名で許されるのなら、どうして本名で許されないことがあるだろう。[75]

ノイバー夫人の演劇において、「規則正しい regelmäßig」ことにこだわっても、道化を排除できなかったという実例をレッシングは挙げ、ゴットシェートの非合理なものの排除という規定がいかに演劇の実際にそぐわないかを説く。これは一見、バロック文学への擁護のような印象も与えるが、他方で『ハンブルク演劇論』は、バロックの詩論では考えられなかった新しい文学のあり方を提案し、一八世紀という時代に適った文学論を打ち出す。その典型が、「市民悲劇」というジャンルの提案である。

市民悲劇は、『サラ』を同国人に紹介したこのフランス批評家において、一人の非常に堅固な弁護者を見出した。普通フランス人が自国にその範例のないものを承認することは稀れである。王公や英雄の名前はその作品に華美と威厳を添えはする。しかし感動には何ら寄与しない。その境遇がわれわれの境遇に最も近い人々の不幸は、当然のこととしてわれわれの魂に最も深く徹せずにはおかない。[76]

レッシングは、悲劇に関して、その目的を時代に合わせて変えること、悲劇に市民を登場させることを提唱した。彼は、同情させることのできる悲劇が優れた悲劇であるとの持論から、伝統的な悲劇の条件にこだわる詩人よりも、観客を同情させることのできる悲劇を無意識のうちに書ける劇作家の方が優れた才能を持つ、と考えた。この見解は、一般的に敷衍すれば、文学ジャンルの諸条件にとらわれる必要がなくなること、すなわち、詩人に大きな表現上の自由が認められるということである。これは、オーピッツに代表されるバロックの詩論とは全く相容れない立場である。詩人の才能（Genie）を創作の重要なファクターに押し上げるこうした新たな文学観のもとで、やがて、シュトゥルム・ウント・ドラングという新たな文学潮流が台頭することになる。

［75］ Lessing, a. a. O., S. 270.〔レッシング、前掲書、九一―九二頁〕
［76］ Lessing, a. a. O., S. 250f.〔レッシング、前掲書、七四頁〕

二.ゲーテにおける「バロック」受容

ゴットシェートからスイス派を経てレッシングへと一八世紀の文学論は発展してきたのだが、こうした土壌の上に登場したゲーテの場合、「バロック」はどのように受けとめられていただろうか。本節では、まず、ゲーテの創作期間を、若いシュトゥルム・ウント・ドラングの時期と壮年・晩年期の二つに分け、それぞれの時期における彼の「バロック」受容のあり様を探ってみたい。

二.一.シュトゥルム・ウント・ドラング期のゲーテ

幼少期のゲーテは、まだバロックの余韻の残る環境で成長し、バロック文学でしばしば使われていたアレクサンドリーナー詩型で詩の習作をしたこともあった。ヘルダーとの出会いにより、一八世紀という新しい時代に合った文学活動に向かったゲーテは、『ゲッツ・フォン・ベルリッヒンゲン』(一七七三年)や『若きヴェルターの悩み』(一七七四年)といった衝撃作を世に送り出し、シュトゥルム・ウント・ドラングの寵児として世に迎えられた。「自然」や「感情」を尊重するこの頃のゲーテには、前時代的な文学観への反発らしきものが垣間見える。『若きヴェルターの悩み』では、まず、「自然」と「規則」が対置され、「自然」優位の見解が披歴されている。

自然はそれだけできわまりなく豊かであり、自然はそれだけで偉大な芸術家となる。規則というものもいろいろの利点をもつといえる。〔……〕ところが一方で規則というものは、だれがなんといおうと、自然の真実な感情や自然の真正な表現を壊してしまうことになる。[77]

この箇所は、合理主義的文学への反発とも、バロック期の学識人的態度への反発とも読める。ゴットシェートの文学論が、現実世界にそぐわない描写の徹底排除や規則遵守の厳命によって、若い詩人たちに息苦しさを覚えさせたことは想像に難くない。だが、ゴットシェート以前のバロック時代における文学観も、「規則」優位のそれであったことに変わりはない。バロック時代の詩学の場合、詩は学習可能なものであり、詩作の規則に従って書くべきことが要求され、書き手の個性を前面に押し出すことは、出鱈目な詩を書くことと同じで、決してしてはならないことと見なされた。また、バロック時代には、詩の中にいかに多くの学識が披露されているかが重要な評価基準であった。以下の条りには、公爵という人物のバロック的な学識性と、それに対するヴェルターの嫌悪感が表れている。

[77] FA, I. Abt., Bd. 8, S. 28.〔『ゲーテ全集』第六巻、一四頁〕

ところで今は例の公爵の狩猟用別荘にいる。この人とはまあまあうまくつき合っていけそうだ。うらおもてがなく、率直な人だ。

ただ残念なのは、彼はどこかで聞いたか読んだかしたことをそのまま話すということである。しかも、ほかの人が彼に示したままの視点から受け売りをして平気なのだ。

彼はまた、ぼくについて、頭がいいとか才能があるとかいってほめる。ぼくとしては、自分の心の感じ方が、あらゆる力と幸福とそしてみじめさの源泉なのであり、これがぼくのもっているもののうち他人に誇ることができるたった一つのものなのに、その点を彼はあまり認めてくれていない。ぼくのもっている知識なんて、人並み以上のものではない。それにひきかえ、ぼくの心情、これはぼくにしかないものだ。[78]

こうして見ると、シュトゥルム・ウント・ドラング期の若きゲーテは、少年期にさまざまなバロック的文学作品に接して初期の教養を身に付けたにもかかわらず、バロック文学の世界からはもはや隔絶した世界にいる。そして、「自然」と「感情」優位の新しい文学潮流に浸りきっているように見える。

二．二．壮年及び晩年のゲーテ

一七七五年に、ザクセン・ヴァイマル公国のカール・アウグスト公の招聘により、ゲーテはヴァイマルの宮廷に入った。この地において、シュタイン夫人との出会いや大臣としての任務など、さまざまな経験を積む。一七八六年から約二年間に亘るイタリア旅行を経て、彼はいわゆる古典主義の境地に到達する。この時期のゲーテは、「バロック」的なものに関してどのような態度を示しているだろうか。

二．二．一．反「バロック」的見解

ゲーテは、バロック的な装飾過多に対しては、シュトゥルム・ウント・ドラング期以来一貫して反感を抱いていた。『詩と真実』において、彼は若い頃の自らのドイツ文学研究を振り返って、次のように述べる。

ドイツ人は南方の言語の比喩的表現を誇張してとり、過度に用いたり、君主にも似たローマ市民の貴族的な作法を、ドイツ小都市の知識階級へそっくり移したりしたので、ドイツ人はどこへ行ってもくつろげず、いや自国にいるときがいちばん落ち着いていられなかった。[79]

〔78〕FA, I. Abt., Bd. 8, S. 152 u. 154.〔『ゲーテ全集』第六巻、六四―六五頁〕
〔79〕FA, I. Abt., Bd. 14, S. 284.〔『ゲーテ全集』第九巻、二三〇頁〕

ラテン語やフランス語といった「南方の言語」を手本にしたこのような態度は、バロック期にも残っていた人文主義的言語観に通底する。ドイツの人文主義において、ラテン語などの学識語の規則がドイツ語の文法規則に適用されることがあったが、[80] このことはゲーテから見れば、言語に関する考え方に一種のねじれを生じさせたのである。

また、『詩と真実』の以下の箇所では、新しい時代の文学への洞察を披露している。

こうした交際のなかから、会話や実例や私自身の考察を通じて私にわかったことは、私たちが希薄、冗長、空虚な時代から脱出する第一歩は、ただ明白、精確、簡潔を旨とすることによってのみ達成されるだろうということであった。[81]

「希薄、冗長、空虚」は、みなバロック文学につけられてもおかしくない否定的評価のレッテルである。このような旧時代の文学に対して、若いゲーテは「明白、精確、簡潔」な文学を目指そうと考えていた。彼のこうした姿勢は、文学のみならず、広く芸術様式一般の評価についても見られる。『詩と真実』では、ベーリシュからの影響により、芸術様式としての「バロック」を嫌悪し、単純性を優先する彼の態度がほのめかされる。

彼が私たちにすすめ、またくりかえし説いたことは、美術と手工業が協力して生み出すべきあらゆる物における単純性ということであった。彼は渦巻模様や貝殻模様や、およそバロック趣味の公然たる敵だったから、銅版にしろ絵にせよ、そうした古い見本を私たちに見せては、家具やその他の室内調度のずっとみごとな装飾や、もっと単純な形式と対比させた。そして彼の周辺の事物はすべてこれらの原則と一致していたので、彼の言葉も理論も私たちに永続するよい印象をあたえたのである。[82]

文学表現に関しては、バロックで多用された「アレゴリー」と対比して「シンボル」を優位に置く主張を展開していることは周知のとおりである。『象徴法について』（一八一九年）[83]において、ギージの銅版画「ペテロの否認」に描かれる低い石台の上の小さな焔の描写を例に、ゲーテはアレゴリー批判を行う。

［80］Hecht, W.: Nachwort des Herausgebers, Justus Shottelius: Ausführliche Arbeit Von der Teutschen HaubtSprache. Braunschweig (1663)[Tübingen 1995], S. 8*.
［81］FA, I. Abt., Bd. 14, S. 295.〔『ゲーテ全集』第九巻、二三九頁以降〕
［82］FA, I. Abt., Bd. 14, S. 338.〔『ゲーテ全集』第九巻、二七五頁〕
［83］この小論は、単独で書かれたものではなく、『芸術と古代』第二巻第三分冊中の「芸術作品（Kunstgegenstände）」中の一節である。『ゲーテ全集』第十三巻ではインゼル版ゲーテ著作集にならってこの一節を「象徴法について（Über Symbolik）」として独立させているため、本論でも便宜上それにならうことにする。『ゲーテ全集』第一三巻、四四八頁参照。

この機会に言っておくが、私たちの「象徴的」という言葉の用法に関して、しばしば意見の食い違いが見られる。それゆえ私たちの見解を述べておきたい。低い石台の上で燃えている小さな焔は、かつて大司祭の邸の中庭で兵卒、番人、警備員、下男たちが、さらには押しかけた物見高い群衆が――ペテロもそこに加わっていたのだが――暖をとったあの赤々と燃える焚火を（ルカ二二の五五）きわめて簡潔に表現しているのである。ここで寓意を想起すべきでないことは、誰しも認めるところであろう。私たちの表現によるなら、これは象徴にほかならない。ほんものの火が芸術的な目的のために凝縮されて表現されているのだが、このような表現を私たちが「象徴的」と呼ぶのは正当であろう。〔……〕象徴とは事物である。事物でなくして、しかも事物である。それは精神の鏡に収斂された形象であり、しかも対象と同一である。これにたいして寓意は、どれほど象徴に劣っていることだろうか。それは識見と機知に富んでいるが、多くは修辞的で因襲的であり、私たちが象徴と呼ぶものに接近するにつれて次第にすぐれたものとなる。[84]

『箴言と省察』中の以下の断片は、ゲーテのシンボル優位の思想を最も端的に表明したものである。

象徴的表現は現象を理念に、理念を一つの形象に変換する。かくして理念は、その形象のなかでつねに無限に活動しつづけ、とらえがたいままである。そして、あらゆる言語で語られてさえ、なおいつまでも言い表わしがたいものでありつづけるだろう。[85]

詩人が普遍のために特殊を求めるのと、特殊のなかに普遍を見るのとでは、その間に大きな相違がある。前者の態度からはアレゴリーが生じ、そこでは特殊が単に普遍の一例、ひとつの実例と見なされる。一方後者は真に文学《ポエジー》の本質であって、普遍に思いを致したりそれを指示したりすることなく、一つの特殊を言い表わす。[86]

ゲーテによれば、「形象の中でつねに無限に活動しつづけ、とらえがたい」シンボルに対して、「特殊が単に普遍の一例、ひとつの実例と見なされる」アレゴリーは、その有限性ゆえに劣っている。バロックのアレゴリー的表現に即して言えば、バロックで多用されるアレゴリー的人物は、「愛」や「憎悪」などの抽象概念を人物に具象化することで、またエンブレム（寓意画）は人生に普遍的に適用される教訓を自然界の現象例に当てはめることで、それぞれ普遍の事柄がある特定の事物に固定化され、例示される。ゲーテは、理念の「無限の活動」を体現するシンボルに対して、アレゴリーの例示は単純な一義

［84］ Goethe, J. W.: Über Kunst und Altertum. Zweyten Bandes drittes Heft (1820). In: ders.: Ästhetischen Schriften 1816-1820. Über Kunst und Altertum I-II. Frankfurt am Main 1999, S. 540.〔『ゲーテ全集』第一三巻、一九三頁〕
［85］ FA, I. Abt., Bd. 13, S. 207.〔『ゲーテ全集』第一三巻、三一三頁〕
［86］ FA, I. Abt., Bd. 13, S. 368.〔『ゲーテ全集』第一三巻、三一三頁〕

的な対応に過ぎず、その「有限性」ゆえに価値が低いと見たのである。[87]

二．二．二．「バロック」的表現の使用

アレゴリーを批判するかたわら、『ファウスト』第二部などに代表される晩年の諸作品において、アレゴリー的表現を使用しているのも事実である。ここでは、その実例を検討しておきたい。

まず、アレゴリー的人物の使用の例は、『ファウスト』第二部第一幕に見られる。神聖ローマ帝国宮廷において、メフィストーフェレスの怪しげな金策により、財政難を解決したと思いこんだ皇帝は、カーニバルを挙行する。以下は、カーニバルの山車の一つとして、「恐怖」、「希望」、「才智」といった擬人化された抽象概念が群れをなして登場する場面である。

恐怖

〔……〕
どきなさい、笑いたてる愚かなお前たちよ、
そのにやけた顔こそ曲者です、
今夜は私の敵という敵が、
一斉に私に襲いかかってきます。
〔……〕

希望

ああ、どこでもいいから
広い世界へ逃れたいわ、
でも、向こうから滅びが迫ってきて、
靄と恐怖の間に私を釘づけにします。

〔……〕
よく晴れた日には
思う存分気の向くまま、
時には連れだって、時には一人で、
美しい広野を自由にさまよい、
好きなときに休んだり、動いたりして、
何の心配ごともなく暮らしながら
何不自由なく、しかも向上精進を怠らず、

［87］Benjamin, W.: Ursprung des deutschen Trauerspiels. Hg. v. R. Tiedemann. Frankfurt am Main 1978, S. 139f.〔ヴァルター・ベンヤミン『ドイツ悲哀劇の根源』岡部仁訳、講談社、二〇〇一年、二五三頁以降参照〕

どこでも歓迎される客として、
私たちは安んじてお仲間入りできるでしょう。
そのうちきっと、とびきり良いことが
どこかで見つかるに違いありません。

才智

人類最大の敵であるお二人、
恐怖と希望を鎖につないで、
私は世間の目に触れさせないでおきましょう、
〔……〕（五四一一―五四四三行）[88]

このような抽象概念の擬人化は、『ファウスト』第二部の他の箇所でも使用される。その典型例が、死期の迫ったファウストのそばに登場する四人の灰色の女たちである。その中の「憂い」だけがファウストの前に現れ、彼を盲目にする。

憂い

あなたの耳には聞こえないでしょうが、

心の底には鳴り響きましょう。
私は姿かたちを変えて、
ものすごい力を発揮します。
陸でも、海の上でも、
どこまでもついて行って心配事を植え付けます、
厄介者扱いですが、いつでもおそばに控えていますから、
お世辞を言われたり、恨まれたりしています。〔一一四二四―一一四三一行〕[89]

次に、バロック文学で好まれるエンブレム（寓意画）に近い表現もゲーテは使用している。『ヴィルヘルム・マイスターの遍歴時代』第一巻には、以下のような叙述が見られる。

ときおり、われわれの運命は冬の果樹のように見えることがあるものですね。そのわびしい様を見ると、硬直した大きな枝や、尖った小枝が春になれば、ふたたび緑を吹き、花を咲かせ、それから実をつけることが

---

［88］FA, I.Abt., Bd. 7/1, S. 229f.〔『ゲーテ全集』第三巻、一六七―一六八頁〕
［89］FA, I.Abt., Bd. 7/1, S. 441.〔『ゲーテ全集』第三巻、三四七頁〕

できるのだなどと、だれが思いおよぶでしょう。しかし、われわれはそうなることを願い、そうなることを知っているのです。[90]

エンブレムの構成については、第二章で述べた通りであるが、この場合は「冬の果樹」が「図像」的役割を、「われわれの運命」が「表題」を示し、「硬直した大きな枝や、尖った小枝が春になれば、ふたたび緑を吹き、花を咲かせ、それから実をつけることができる」という箇所が「解釈部分」と捉えることが可能である。

また、『詩と真実』第一部第五章における以下の箇所も、エンブレムを彷彿とさせる。

すべて鳥には誘い餌がある。そうして人間は誰でもそれぞれ特有の仕方で導かれ、また誘惑される。[91]

ここでは、直接「図像」に相当する箇所はないが、餌に誘われる鳥を想像すれば事足りる。「すべて鳥には誘い餌がある」という箇所がエンブレムの「表題」とすれば、「そうして人間は誰でもそれぞれ特有の仕方で導かれ、また誘惑される」という箇所が「解釈部分」の役割であることが、容易に理解できよう。

三．まとめ

若い時期のゲーテが、ゴットシェートからレッシングに至る一八世紀の新しい文学論から大きな影響を受けたことは間違いない。初期の作風と、彼自身がバロックを肯定的に評価する言辞を残していないことから、ゲーテに関して、バロック文学との関連づけになじまないイメージが強く持たれることは無理もない。実際、ゲーテはバロックの「装飾過多」で冗長な表現、アレゴリーの凝固した表現に対しては、嫌悪感を表明している。だが、その一方で、特にアレゴリーに関して、彼は矛盾した態度を見せる。晩年の作品には、アレゴリー的人物を使用したり、エンブレムを彷彿とさせる比喩表現を通じて教訓的な雰囲気を添えるなど、バロック文学に通じる手法が散見される。実作を問題にする場合は、理論的著述におけるアレゴリー批判を鵜呑みにしてしまうわけにはいかないのである。ゲーテはまた、バロック的な祝祭に関しても肯定的な意見を残している。彼は「バロック」のある特定の特徴に関して嫌悪感を抱いていたに過ぎず、エンブレム的表現など彼の感覚にとって違和感を感じない「バロック」的手

〔90〕FA, I. Abt., Bd. 10, S. 413.〔『ゲーテ全集』第八巻、一二六頁〕
〔91〕FA, I. Abt., Bd. 14, S. 181.〔『ゲーテ全集』第九巻、一四五頁〕

法は、意識せずに諸作品中に取り込んでいたと考えることもできる。

したがって、暗黙のうちに「定説」化しているゲーテとバロック文学との「無関係」ないし「否定的関係」を、鵜呑みにすることはむしろ問題である。バロックとゲーテの間にある種のつながりがあるとすれば、それは、ドイツ文学はようやく一八世紀後半に成立したというような依然根強い文学史観を補正するための問題提起ともなりうるだろう。

第三章

「ゲーテとバロック文学」に関する先行研究

先の序論において述べた通り、ゲーテをバロック文学ないしバロック文化との関連で体系的に論じた研究は極めて少ない。しかし、実際に、バロック研究文献においては、一般に注目される機会が少ないバロック文学の存在意義を示すため、ゲーテを引き合いに出すことで、バロックの一八世紀以降の時代のドイツ文学への影響や関係性を示唆することがある。その例を以下に紹介しよう。

『大世界劇場　宮廷祝宴の時代』において、アレヴィンはゲーテの『ファウスト』がバロック的世界劇場の伝統を引き継いでいることを指摘している。

ゲーテの偉大な世界ドラマがファウストの魂に関するメフィストーフェレスの論争に始まり、論争は賭になるとすれば、このドラマそのものが、天上の軍勢の地獄の軍勢に対する勝利に終るこの賭の結着にほかならないとすれば、それはこのドラマがバロック世界劇場の最後で最大の余波にほかならないことを意味していた。[92]

また、同書の後半部に相当するゼルツレ執筆部分、つまり、ルネサンスとバロックの祝宴報告部分についての前書きにも、同様の指摘が見られる。エルネスト・グラッシは、この前書きの中で、おそらく『ファウスト第二部』の祝祭場面を想定する限りにおいて、バロック時代以来の祝祭の伝統の延長線上にゲーテがいると見なしている。

このような歴史的祝宴を記述した現代ドイツの書籍はない。このような記述は図書館の埋もれた文献のなかだけで見ることができるものであって、専門家以外には近づき難いのである。したがってこの世界は現代人にとっては実際上、没落してしまった。しかもなおこの世界は秘かに現代にも影響をあたえている。『ファウスト第二部』のような作品はたしかに詩人の創造的な想像力から生れたものではあるが、しかしそればかりではなく、疑いもなくその成立を、ゲーテの時代にはまだ潑剌とした反響をとどめていた一つの伝統に負っているのである。[93]

また、フロイントは文学史的観点から、バロック末期の抒情詩人ヨーハン・クリスティアン・ギュンターの存在なくして、ゲーテに代表される次世代の近代抒情詩はあり得ないと述べている。

感傷主義とシュトルム・ウント・ドラングの詩人たちの一見目新しい感情文化は、バロックにおける心身一如の人間とその赤裸々なすがたの発見に根ざし、それなくしてはおそらく青年期のゲーテもほとんど考えられないだろう。ギュンターは近代抒情詩にもっとも大きな影響を与えた触媒の一つなのだ。[94]

アルブレヒト・シェーネは、『エンブレムとバロック演劇』において、老年のゲーテにおけるバロック的エンブレムの使用を、以下のように指摘している。

ゲーテの蔵書にも、まだアンドレア・アルチャーティやヨハネス・サンブクスの『エンブレム集』があった

〔92〕 Alewyn/Sälzle, a. a. O., S. 55f.〔アレヴィン／ゼルツレ、前掲書、七七頁〕
〔93〕 Alewyn/Sälzle, a. a. O., S. 73.〔アレヴィン／ゼルツレ、前掲書、一〇三頁〕
〔94〕 Freund, a. a. O., S. 231.〔フロイント、前掲書、四一三頁以降〕

が、彼はそれらの図像を、昔の人びとが認めていた意味の堅固な秩序から、無制約の意味の地平線を切りひらくシンボル表現に移しかえることになる。つまりそのシンボル表現は、エンブレム作者たちの意味を固定化するスブスクリプティオをいわば忘れ去り、さまざまな現象の意味を通分不可能な曰く言いがたいものに拡張してゆくのである。とはいえゲーテにしても老年には、これと平行してシンボルのエンブレム的変種を保ちつづける。[95]

だが、シュトゥルム・ウント・ドラングにせよ、ヴァイマル古典主義にせよ、ゲーテが主導した文学運動は、バロックとはおよそ程遠い思想を背景に持つ。そのため、ゲーテとバロック時代との間には断絶があるという見解が、ドイツにおいても日本においてもいまだに優勢である。しかし、両者を架橋しようとしている研究が全く存在しないわけではない。

本章では、そのうち特に二つの研究を採り上げ、それらの議論の特徴と問題点を示すことで、本研究の方向性を明確化したい。

一・R・アレヴィン『ゲーテとバロック』の概要

まず、アレヴィンの『ゲーテとバロック』（一九七二年）[96]をとり上げる。アレヴィンは、ゲーテとバロックという一見結びもつかないような二者を扱いながら、彼なりの「バロック」規定を簡潔ではあるが丁寧に確定しつつ、バロックの祝祭文化との出会いから生じる晩年のゲーテの「バロック的」傾向を論じており、小論ながら説得力に富み、得るところも多い。アレヴィンの議論の概要を以下にまとめてみる。

一．一．アレヴィンによる「バロック」規定

アレヴィンは、まず、ゲーテが「バロック」という語をせいぜい「奇妙な」あるいは「奇抜な」という意味でしか認識していなかったことを前もって断りながら、自らの議論で扱う「バロック」概念を最初に規定する。彼は「バロック」時代を、あくまで「バロック」様式をもたらした時代、すなわち、宗教改革からルネサンスを経て啓蒙期に至る時期と断言する。様式としての「バロック」は、彼によれば、この期間の文化上の気風である。つまりそれは、君主を頂点とし、社会上厳密に区分された垂直的

［95］Vgl. Schöne, A.: Emblematik und Drama im Zeitalter des Barock. München 31993, S. 52.〔アルブレヒト・シェーネ『エンブレムとバロック演劇』岡部仁＋小野真紀子訳、ありな書房、二〇〇二年、五三頁〕

［96］Alewyn, R.: Goethe und das Barock. In: Reiss, H.: Goethe und die Tradition. Frankfurt am Main 1972, S. 130-137.

階層秩序を前提に成立した、ひとつの社会・倫理・美学上のシステムである。そして、バロックの階層秩序における各々の階層は、自らがどのように見なされるか、すなわち、自らが何者として現れているかという外観によって規定される。例えば、上層の階級ほど「立派な風采（Repräsentation）」が決定的重要性を持つため、建築をはじめ絵画、音楽、彫刻、祝祭に関連する諸技芸（花火）などが、彼らの外観を決定し、その装飾性ゆえに不可欠の役割を演じるのである。そして、垂直的階層秩序社会の頂点に位置する宮廷こそが、バロック文化を代表する場となる。

一．二．ゲーテのバロック文化との接触とその順応

ゲーテの少年時代には、こうしたバロック文化は、一八世紀前半の啓蒙思想や、市民勢力の台頭といった、新しい時代の到来によりすでに淘汰されつつあった。しかし、ゲーテ自身一七七五年にヴァイマル公国のカール・アウグスト公の招聘により宮廷入りを果たしたことが、彼がバロック的文化に接触するひとつの転機になったとアレヴィンは見ている。宮廷に入った当初、ゲーテは宮廷内のバロック的気風に抵抗感を示したものの、やがてその宮廷文化が彼の才能を刺激し、彼自身がその環境に順応する。ヴァイマル宮廷は、典型的階層社会であり、自分の属する階層および相手の階層に的確に対応した振舞いや、相手との適切な距離の取り方、伝統と慣習、社交性を重んじる場所だったが、この社交性が重視したものとは、人と人との親密さでは決してなく、公共性と祝祭性であり、それを可視的に体現する手

段が演劇であった。ヴァイマルで要求された演劇は、慶事のような公共的動機で行われ、宮廷の遊びと外観に関する充足感を得る傾向を持つものだった。これは若きゲーテのシュトゥルム・ウント・ドラング的な気風とは正反対の方向性であったから、ヴァイマル到着当初のゲーテが違和感を持ったことは想像に難くない。

しかし、ゲーテがこうした宮廷文化に順応できたのは、演劇中心の宮廷文化の場が「諸芸術の境界が無く、専門家とディレッタントの差が消し去られていた」[97]環境だったためであり、これがゲーテの多方面にわたる才能を有意義な形で刺激した。こうしたある意味で鷹揚な気質の宮廷文化と歩調を合わせることで、ゲーテは大臣としてヴァイマル公国の管理面で多方面に亘る活動を展開したのみならず、科学的施設や芸術的施設の運営にも実績を示すことができた、とアレヴィンは見る。特に芸術面では、ヴァイマル赴任最初の年に詩人としてだけでなく、舞台構成や劇場監督、俳優として、宮廷演劇に大いに貢

[97]　Alewyn, a. a. O., S. 133. このことについて、アレヴィンは特に補足的説明をしていない。そのため、ここで彼が何を意図しているのかについては推測の域を出ないが、諸芸術の境界がないこととは、演劇が音楽と美術と文学の複合芸術であることを、専門家とディレッタントとの差が消し去られていたこととは、例えば、ヴァイマル宮廷における祝祭劇の際、いわゆる職業俳優だけでなく宮廷人も俳優として演技をしていたことを指していると考えられるであろう。

献し、またイタリア・オペラの翻訳や翻案も手掛けたが、こうした活動もヴァイマルの宮廷文化との出会いなくしてはあり得なかったであろうとアレヴィンは推論する。

一．三．ゲーテのバロック文化への歩み寄り

ゲーテがこうしてヴァイマルで芸術監督的仕事に従事する間に、ヴェルサイユでも見られた二層性を帯びた宮廷文化、すなわち我々が「ヴァイマル古典主義」と言うところの擬古典性とバロック的祝祭性を備えた演劇文化が生まれ、ゲーテはその中心にいた、とアレヴィンは説明する。ゲーテは、バロック的な宮廷文化に身を置くことで、シュトゥルム・ウント・ドラングから脱却し、感情を抑制する古典主義へといわば成長を遂げたことになるが、かといって、バロック文化を全面的に肯定したわけではなく、その装飾過多に対しては拒絶反応を示すなど、いわゆる様式としてのバロックへのゲーテの歩み寄りは限定条件付きだったことを、アレヴィンは断り書きする。バロックの中でゲーテの趣向に適っていたものとして、コルネイユやラシーヌ、ヴォルテールの悲劇が挙げられる。[98] これらはゲーテが少年のころから親しんでいたもので、ヴァイマル古典主義の形成にも一役買っていた。カルデロンを「真に演劇的な天才」として特別に評価していたことにもアレヴィンは言及している。しかし、いわゆるドイツ・バロック文学とゲーテとの関係について、アレヴィンは決して積極的に評価していない。確かに、ハインリヒ・アンゼルム・フォン・ツィーグラー・ウント・クリップハウゼン（一六六三―一六九七年）の『ア

ジアのバニーゼ』(一六八九年)に少年ゲーテが夢中になっていたことは認めるものの、ドイツ・バロック文学についてのゲーテの知識は、人から伝え聞いたレベルの域を超えるものではなかったと、アレヴィンは推測している。

それゆえ、コルネイユ等の悲劇やカルデロンの諸作品による「文学上の遠隔作用」[99]が、ゲーテの創作活動にどの程度まで寄与したのかは確定不可能であるとしながらも、カトリック的な極度の賛美と教会の祝典制度を除き、バロック的形式はゲーテの諸作品の中に影響を及ぼしている、とアレヴィンは述べる。彼によれば、特に後期ゲーテのバロック的なものへの立ち戻りの仕方は、次の六つの点において見

[98] フランス文学の場合、一七世紀前半をバロック(あるいは前古典主義)、ルイ一四世の親政が始まる一六六一年からナントの勅令を破棄する一六八五年までを古典主義、一六八五年から一七一五年までの、新旧論争が起こった期間を啓蒙主義の萌芽期、一七一五年から一七五〇年までを啓蒙主義の発展期に区分している。これに従えば、ラシーヌは古典主義、ヴォルテールは啓蒙主義発展期に分類されるため、彼らを「バロック」として位置づけることは、フランス文学の時代様式区分から見れば正確ではない。これについてのアレヴィン自身の説明は特に存在しないので推測の域を出ないが、前述のように、彼はこの小論文において「バロック」を一七世紀から一八世紀前半までの時期と見なしているため、自身の時代区分規定に合致させるためにラシーヌやヴォルテールも含めたと考えられる。饗庭孝男他『フランス文学史』白水社、一九九二年、七九頁以降、及び、河盛好蔵他『プレシフランス文学史』駿河台出版社、一九九七年、四一頁以降参照。

[99] Alewyn, a. a. O., S. 135.

られる。第一に、芸術作品の「有機的」統一の断念、第二に、他人を寄せ付けないような抑制と隠蔽の表現、第三に、言語を単なる模様もしくは職人芸的なものとして使用すること、第四に、シンボルを断念すること、第五に、範例的人物を造型しやすくするために個性的人物の造形を断念すること、第六に、沈思と教訓の明記である。これらはゲーテの晩年の作風に見られる特徴であるが、同時にバロック文学の本質的特徴をも示していると、アレヴィンは指摘する。

一．四．晩年のゲーテの、特に『ファウスト』における「バロック性」

最後に、アレヴィンは『ファウスト』を中心に、晩年のゲーテの「バロック性」を簡潔に説明する。一八〇八年刊行の『ファウスト』第一部と『ファウスト』第二部、『パンドーラ』は、アレヴィンによれば『ウル・ファウスト』と『イフィゲーニエ』からの後退を示している。なぜなら、『ファウスト』と『パンドーラ』には、祝祭演劇と大世界劇場の時代への立ち戻りが認められるからである。また、『ファウスト』では第一部の「ワルプルギスの夜」、第二部第一幕の「宮廷の場」と第二幕の「ガラテアの凱旋行進」の三回に亘って、デモーニッシュでアレゴリカルな神話的人物が祝祭に参加する情景が描かれている。さらに、『ファウスト』第二部からはその壮大なスケール感からオペラ的特徴が、『ファウスト』冒頭の「天上の序曲」と「前狂言」からはバロックの神秘劇やコメディア・デラルテ、オペラ・ブッファからの借用が窺えると、アレヴィンは述べる。そして、彼の自著『大世界劇場』にもあるように、「天上の序曲」こそは、魂の救済と劫罰という大世界劇場の主題を表現するものであり、『ファウスト』こそはバロックの最後にして最大の名残だと彼は断言している。

一．五．『ゲーテとバロック』の問題点

以上のように概観すると、バロックの祝祭文化を専門とするアレヴィンらしい「バロック文化」の規定の仕方と、それに基づく晩年のゲーテの作品の「バロック的傾向」の指摘は、簡潔ながらも説得的である。「バロック」規定の仕方も、いわゆるドイツ・バロック文学にこだわらず、宮廷祝祭文化に焦点を絞って、彼の観点を確かなものにしている。しかし、アレヴィンは、『ファウスト』をはじめとする「バロック的」作品の詳細で具体的な分析や考察にまでは、立ち入っていない。もし、『ファウスト』をはじめとする晩年のゲーテの諸作品が「バロック的」であるとするならば、その根拠を示す綿密な実証が必要であるが、ここでは簡略に指摘するにとどまっている。

また、アレヴィンは、『ファウスト』が大世界劇場であって一種のバロック的な仮面劇であり、そして、『ファウスト』こそは古典主義というよりはむしろバロックの最後にして最大の名残であるという持論を展開するが、この主張にはやや無理がある。神とメフィストーフェレスがファウストの魂をめぐって行った賭の結果が、第二部の最終場面で示されたときに、『ファウスト』という劇ははじめて諸々の登場人物の仮面が外れ、この局面において『ファウスト』の「バロック性」が表れるとアレヴィンは

言う。カルデロンが同名の戯曲で描くように、大世界劇場では、人間の現世の姿はかりそめのものに過ぎず、人間の魂は天国の神の前に戻って行ったときに初めてその本性を示す。確かに主人公ファウストが、最後に紛れもなく魂だけになってグレートヒェンの霊により、天へ導かれるのは事実である。最終場面で実際に魂という本性として現れるのは、ファウストとグレートヒェンだけである。『ファウスト』全体をカルデロンの戯曲と同様の仮面劇と評するには、多少の無理がある。また、『ファウスト』が様式として古典主義とは言えないとする主張には同意できるものの、これがバロックの最後にして最大の名残と断言できるか否かについては、検討の余地がある。なぜなら、バロック・オペラのような壮大なスケールと祝祭性、大世界劇場との構造的類似のみで、『ファウスト』の「バロック的」傾向の診断を下すのは性急に過ぎるからである。もし本当に『ファウスト』の「バロック的」傾向を立証するのであれば、宮廷祝祭的要素は確かに重要な特徴ではあるが、それ以外の特徴にも注意を向ける必要がある。

二．波田節夫『ゲーテとバロック文学』の概要

次に、日本における先行研究例、波田節夫による『ゲーテとバロック文学』[100]（一九七四年）についてその概略と問題点を述べたい。波田の研究は、アレヴィンとはまた別の視点、すなわち、ドイツ・バロック文学に限定した観点をとる。そして、この観点にしたがって、特に少年期のゲーテがバロック的宗教

観のなかで成長したこと、ならびに、晩年に至っても彼がその影響を免れ得なかったことについて論じている。彼の研究の出発点には、ゲーテがドイツ文学において権威的な位置づけにあるが、そもそも「良い土壌」があってこそゲーテの文学が存在し得たのではないか、との思いがあった。そして彼は、「バロック文学」の内にその土壌を見出したのである。波田は、ゲーテとバロック文学のつながりを多方向から、つまり、バロックの側からのみならず、少年期から古典主義期に至るゲーテ自身の側からも見ていく必要があると考えた。以上が、波田の「ゲーテとバロック文学」研究の根底をなす動機である。この論文についても、アレヴィンの場合と同様に、まず全体の概要を示し、その後で問題点を論じることにする。

二．一．序論部

序論は、当該のテーマでの研究全体に亘る前提を提示している点で重要である。まず波田は、ゲーテが「文学者であるのに自然科学の分野にも多大の関心」[101]を示していることに着目する。彼は、ゲーテの

〔100〕波田節夫『ゲーテとバロック文学』朝日出版社、一九七四年。
〔101〕波田、前掲書、七頁。

自然研究においては、現代の自然科学の主流を成す分析的実験と数学的操作が一切拒否されていること、そして、人間はひとつにまとまって存在する自然（根本現象）の中に「神的なもの（Gottheit）」を認め、驚嘆と畏敬の念を示さねばならないと考えられていること、つまり、ゲーテの自然研究の根底には「神なる自然（Gott-Natur）」への畏敬の念があることを見出す。波田は「神なる自然」に対する畏敬の念が、後期ゲーテの文学作品にもそのまま採用されていることに注目し、これをゲーテの宗教的態度とほぼ同一のものと見なす。

次に、波田はゲーテの宗教心とバロックとの関連を探る。その際、ゲーテの母の親友クレッテンベルク嬢の影響に着目し、彼女がピエティスムスに傾倒した際に、バロック小説から影響を受けていたこと、そして、彼女が特に関心を示したバロック小説の場面が、好奇心をそそるような血なまぐさい迫害の場面であったことを指摘する。明言は避けているものの、おそらく波田は、バロック小説を楽しんでいた少女時代のクレッテンベルク嬢が、好奇心の赴くままに行動する快楽的志向をもった気質の持ち主だったのではないかと見当をつけている。一方、彼女に出会うはるか以前の少年期のゲーテもまた、バロック小説の愛好者であり、バロック的文学作品から最初の教養を身に付けたと考えられることを、波田は『詩と真実』等からの裏付けでもって立証する。ゴットフリートの『歴史年代記（以下、『年代記』）』や『歴史双書テアトルム・オイロペウム』、ラウレムベルクの『学識の香炉小箱』、アンドレーアス・グリューフィウスの著作など、少年ゲーテを取り囲んでいたと思われるバロック的文学作品の共通点として、神の摂理を認め、それを称えている点を波田は指摘する。ヘルダーとの出会いにより、少年の頃の彼を培ったバロック的世界観や自然観が一時停止し、ゲーテは一躍シュトゥルム・ウント・ドラングの寵児となるが、晩年には「神なる自然」を標榜するバロック的宗教観および自然観が甦ることを示唆して、波田は自らの序論を締めくくる。

二．二．第一章「ゲーテとメーリアン聖書との関係」

序論において波田は、ゲーテの宗教観兼自然観「神なる自然」が、バロック的文学作品との出会いによって醸成され、晩年までそれが維持されたことを述べた後、この宗教観兼自然観が具体的に何に由来するのかを第一章で探る。

一八世紀前半には、子供向けの図書が徐々に刊行されていたにもかかわらず、ゲーテは『詩と真実』の中で「当時はまだ子供向けの図書はなかった」と断言し、子供心に印象を受けた本として、メーリアンの銅版画付き聖書とゴットフリートの『年代記』、コメーニウスの『世界図絵』を挙げている。そして、『イタリア紀行』第二部にもメーリアン聖書の銅版画のことが言及されていることを、波田は指摘する。そこで彼は、メーリアン聖書の銅版画を分析し、それが少年ゲーテに及ぼした影響を探る。

波田は、神、ソロモンの神殿、ヨブ記、悪魔などのいくつかのモチーフに即して、ルター聖書とメーリアン聖書を比較検討する。その結果、全般的にルター聖書がほぼ聖書に忠実に挿絵を描き、背景の自然描写には無関心な傾向を示すのに対して、メーリアン聖書の挿絵は必ずしも聖書のテクストに忠実とは言えず、背景に自然描写を採り入れる傾向があることを見出す。例えば、ルター聖書では神を威厳ある人物像として描くのに対し、メーリアン聖書では幾何学図形で抽象化して描くか、あるいは何も描かない。[102]ソロモンの神殿に関しては、ルター聖書では聖書本文に忠実に描かれ、人物や背景、空の様子には無頓着であるのに対し、メーリアン聖書は神殿を俯瞰的に描き、背後の山や湖、地面の草や空の動きまでも丁寧に描写している。さらに、神域に数十人の人物を配し、神域の中に市のようなものまである印象を与える。ヨブ記の例では、ルター聖書の中のヨブは聖書通り、腫れものだらけの惨めな姿で、ヨブの見舞いに来た友人やヨブの妻は立派な外見をしている。これに対して、メーリアン聖書のヨブは、腫れものができているにもかかわらず明るい表情で、友人や妻の方が暗い表情をしている。絵の背景には、サタンのヨブに対する数々の試みが描かれるが、その彼方に小さな町や森、湖、山々、広々とした空も見て取れる。悪魔に関しては、ルター聖書が悪魔の姿を視覚化しないのに対し、メーリアン聖書は悪魔とその仕業を具象的に描き、背景には必ず広々とした自然風景が見守るように広がっている。これは、どのような悪魔の仕業も神の目からは逃れられないことを暗示するかのようである。メーリアン聖書は、神を直接描き込まない所でも美しい自然風景を背景に描くことで、広大な自然風景の中に神が遍在しているという自然観ないし宗教観を示している。波田は、それが少年ゲーテに影響を及ぼしたのではないかと推測している。

その後、波田は視点をメーリアン聖書を眺めたゲーテの側に移し、メーリアン聖書からの影響関係を検討する。ゲーテ自身は、「どんな小さな刺戟にも心を動かされ、恍惚となる画家魂」を持つ視覚的人間（Augenmensch）であることを自認していることから、メーリアン聖書の優れたイメージを目の当りにすることにより、少年ゲーテの中に「神なる自然」的自然観および宗教観が培われたに違いないと波田は推測する。そして、聖書のテクストに必ずしも忠実ではないメーリアンの描写として随所に見られる卓越した自然描写、バプテスマのヨハネの打ち首場面のような残酷と平穏のコントラスト、女王イゼベルの残忍な墜落死場面の芸術的効果など、視覚的人間として鋭敏な感覚の持ち主であった少年ゲーテに強い影響を及ぼし、さらには彼に自然への畏敬の念を持たせるのに一役買ったと思われる幾つかの例を、波田は列挙している。

二．三．第二章「ゲーテとゴットフリート『歴史年代記』との関係」

『ゲーテとバロック文学』の第二章において波田は、まず最初に、『ファウスト』第一部の「書斎の場」の、メフィストーフェレスが尨犬の姿で登場する場面が、ゴットフリートの『年代記』の中のメーリア

［102］勿論、聖書に具体的な神の様子の記述があり、それに対して挿絵をつける箇所では、メーリアンも神を人物として描いている。波田、前掲書、七一頁を参照。

ンの銅版画「クレスケンティウス枢機卿が妖怪に驚かされる図」から着想を得ていることに言及する。これは『ファウスト』研究ではすでに定説となっていることであるが、波田はゴットフリートの『年代記』が少年ゲーテになじみ深い存在であったことを紛れもない前提に据えつつ、ゲーテと『年代記』との関係を探ってゆく。ここでは手短に議論の概略を紹介する。

『年代記』の構成分析の結果、波田によれば、少年ゲーテがおそらく影響を受けたのは、『年代記』の第一部、天地創造からアッシリア・バビロニア帝国を扱った部分であると考えられる。『年代記』におけるメーリアンの銅版画は全部で三二八枚であるが、そのうち約三分の一が戦争の場面であり、その他の絵も子供が眺めるには残虐な内容のものが少なくない。しかし、少年ゲーテは、挿絵のバロック的残忍さに別段の嫌悪感を抱くこともなく、メーリアン聖書の銅版画以上に興味を持っていたと、波田は推測する。そして、ゲーテの諷刺劇『プルンデルスヴァイレルンの大市』(一七七三年)に見出せる『年代記』第一部前半のメーリアンの銅版画の影響、『ゲッツ・フォン・ベルリッヒンゲン』(一七七一年)や『ファウスト』第二部第一幕の仮装行列の際の小火騒ぎの場面も、『年代記』の銅版画から着想を得たことは想像に難くないことから、『年代記』のメーリアンのバロック的銅版画のイメージが、ゲーテの内に影響を与え、おそらく晩年にいたるまで創作上の原イメージのひとつであったであろうと波田は論じている。

二．四．補遺的小論「後期バロック的宗教観」

『ゲーテとバロック文学』の最後に、補遺的に置かれたこの章は、序論と第一章で彼が披歴したゲーテの自然観および宗教観を補完する意味で付け加えられたものである。この章についても、簡潔にその概要をまとめるにとどめる。

まず、波田はゲーテの自伝『詩と真実』中の、少年期のゲーテがヨーハン・アーモス・コメーニウスの『世界図絵』を読んでいたという記述に着目し、この著作の分析を試みる。『世界図絵』は、一六五八年ニュルンベルクで刊行され、ラテン語初級教科書として使われた絵入りの啓蒙思想書である。この書の第一二二章「都市の内部」で都市の中央に教会が描かれ、また冒頭の章「招待」で教師から生徒への知識の教授は神の仲介により行われると書かれていること、さらに、第一四九章「神の摂理」や第一一四章「忍耐」なども参照しながら、波田は、『世界図絵』においては、世界が神の監督下にあること、そして人間は神の秩序に自己を安心してゆだねられることが、終始貫徹して主張されていると述べる。そして、天使や悪魔、神が常に人間のすぐ隣にいるというバロック的宗教観が、『世界図絵』を眺める少年ゲーテの脳裏に強く焼き付いたはずであると推測する。

しかし、この書の楽天主義的世界観および宗教観に浸っている少年ゲーテに、その価値観を根底から覆すほどの衝撃的な出会いがやってくる。つまり、ゲーテの友人の父親ヒュスゲン老人との出会いである。ヒュスゲンは、失敗からの立ち直りや破滅を回避する人間の能力を否定する見解の持ち主だった。

ヒュスゲンからアグリッパの『一切の学問や技術のむなしさと不確実さについて』(一五二九年刊)を薦められて読んだとき、少年ゲーテの頭がしばらく混乱状態に陥ったとの述懐が『詩と真実』にある。[103] 波田はこの強い反応が、後期バロック的な『世界図絵』に示されるような宗教観を若いゲーテが抱いていたことを、逆に暗示していると考える。そして、彼によれば、「少年期に植付けられた後期バロック的宗教観が、晩年になって『ヴィルヘルム・マイスターの遍歴時代』の教育県や『ファウスト』第二部終末の場面などで文学的結晶をもたらす[104]」ことになるのである。

二.五.『ゲーテとバロック文学』の問題点

アレヴィンの小論と比較して、波田の研究はゲーテが実際に接したバロック時代の諸文献を採り上げ、少年ゲーテに影響を与えたに違いないメーリアン聖書やゴットフリート『年代記』、コメーニウス『世界図絵』の分析を試みている点で、ある程度実証的な説得力がある。波田の提示するテーゼも明確である。しかし、この研究にも種々の問題点がある。

第一に、『ゲーテとバロック文学』という表題にもかかわらず、バロック文学の「テクスト」との比較検討が全くなされていない。波田が分析材料に使ったのは、主にバロック時代の聖書や『年代記』に付いているメーリアンの銅版画である。『世界図絵』については、テクストをも引用してはいるが、波田が言うところの後期バロック的宗教観を示す晩年のゲーテのテクストとの比較考察は行われていいない。ゲーテとバロック文学の比較研究はそもそも困難な作業であるために、あえて波田は銅版画を文学の内に含めたのかもしれない。また、ゲーテ自身、自分は視覚的人間だと言っているので、文学テクストよりも絵画から影響を強く受けたと推測したのかもしれない。しかし波田は、敢えてメーリアンの銅版画に焦点をあてた理由を説明しておらず、いずれにしても著作の表題と研究内実の乖離は否めない。この内容であれば、表題はむしろ『ゲーテの自然観と後期バロック的宗教観』とする方がより相応しいと思われる。

そもそも、ゲーテがいかに自著でバロック文学の諸作品に言及していても、それがそのままバロック文学とゲーテとの関連を示すことにはならない。バロック文学のゲーテへの「影響」を検証するのであれば、実際のバロック文学とゲーテのテクストを比較検討し、作品に即した分析を行うことはぜひとも必要である。確かに、ゲーテに影響を及ぼしたと思われる諸文献の分析は丁寧になされているが、その分析結果が実際のゲーテのテクストへと還元されないために、分析結果は単なる状況証拠にとどまり、「……であろう」などの推測の形で主張が提示されているケースも多い。これが波田の主張の説得力を減じている。

［103］FA, I. Abt., Bd. 14, S. 178.〔『ゲーテ全集』第九巻、一四四頁〕
［104］波田、前掲書、二〇八頁。

第二に、波田は繰り返し、ゲーテの少年期に培われた後期バロック的宗教観は、晩年にまで及ぶとか、シュトゥルム・ウント・ドラング期に一時中断した後期バロック的宗教観が晩年になって甦るなどと主張しているが、なぜゲーテが晩年になって一時中断していたバロック文学とのつながりを取り戻したのかを、アレヴィンとは違い、まったく論じていない。

第三に、波田が考える「バロック」がどのようなものなのか、明確に規定されていない。彼は、ベンツやチュザルツによる時代区分に依拠して、だいたい一七世紀から一八世紀にかけての時期を「バロック」とみなしている。しかし、様式としての「バロック」概念の詳細については、この研究全体を通して特に言及がない。全体の文意から、神を中心とした安定した秩序に則る世界観が念頭にあることは読み取れる。だが、これはバロック時代に限らず、近代以前を支配した世界観の名残である。確かにそれがバロック時代にもなお強く残っていたことは明らかであるにせよ、「バロック」に固有の特徴と言うことはできない。

三．「ゲーテとバロック」というテーマ設定での研究手法の課題

以上のように、本書と同様のテーマを設定する二例の先行研究からも、ゲーテのテクストとバロック文化もしくはその文学とを比較することがいかに困難であるかが浮き彫りになる。それは勿論、一般

に、ゲーテはいわゆる「装飾過多で奇抜」という意味での「バロック」を嫌っていたと考えられており、ドイツ・バロック文学にごくわずかしか言及していないことが大きな理由ではある。しかし他方、先行研究は、その問題性のゆえに、このテーマ設定による研究がどのような方向性を持つべきかを教示してくれてもいる。

第一に、ゲーテの実際のテクストを扱う必要性を示していることである。アレヴィンも波田も、晩年のゲーテがバロック的傾向を持つことを指摘しているが、それはいずれの場合も示唆にとどまっている。両者は、『ファウスト』を特にバロック的色彩が強い作品として注目しているが、実際の『ファウスト』からのテクスト引用は皆無である。「ゲーテとバロック」というテーマ設定での研究は、とりわけ『ファウスト』というゲーテの主著の中に「バロック的なもの」がどのように認められるのかを立証する方向を持たなくてはならない。

第二に、先行研究は、分析の手掛かりとしての「バロック」を、単層的ではなく複層的に扱わなくてはならないことを示唆している。アレヴィンは「バロック」の宮廷祝祭文化、特にその演劇的な面に焦点をあて、波田はゴットフリートやコメーニウスなど後期バロックの宗教観に着目している。しかし、「バロック」にはこれらに限定されない多様な側面がある。また、第一の点とも関係することだが、ゲーテへの繋がりを問題にする場合は、「バロック」を、建築や絵画における芸術様式としてのみならず、「バロック文学」という要素を含めて分析することが何より重要である。

次章以下では、以上のことを踏まえ、ゲーテの諸作品のうち特にバロックとの親和性が指摘される

『ファウスト』を採り上げ、ゲーテのテクストにおける、「バロック」的特徴とはどのようなものであるかを、具体的に分析していく。

第二部　『ファウスト』分析

第四章

第一部「ワルプルギスの夜の夢」における政治家たちの場面

一．『ファウスト』のバロック性に関する従来の指摘

ゲーテの『ファウスト』[105]は、若年のシュトゥルム・ウント・ドラング期から古典主義期、そして晩年に至る長期間にわたって執筆された畢生の大作であり、彼の生涯にわたる文学的活動の様々な特色を映し出している。アレヴィンによると、『ファウスト』にはバロックの祝祭的演劇および大世界劇場[106]への

回帰が認められる。しかもそれは、第一部と第二部の両方に見出されると言う。[107]『ファウスト』のバロック性や、バロック文化との関連が論じられる場合、第二部におけるそれに注目が集まりがちであるのに対して、[108]第一部「ワルプルギスの夜」のバロック性に言及している点は、アレヴィンの慧眼である。祝祭性の他、彼はプロローグの「舞台上の前狂言」と「天上の序曲」におけるバロック性も指摘する。前者の中の「天国からこの世を通って地獄まで、ずずいとお通り。（二四一―二四二行）」という座長の言葉は、頂点に神の支配する天界を置き、その下に人間の世界、底辺には地獄を配置する、秩序に則った固定した世界像を暗黙のうちに前提としている。この世界像はバロック時代まで支配的だった世界像であった。そして、「天上の序曲」という場面自体が、こうした世界像を前提とした『ファウスト』全体の舞台背景を確固たるものにしていることを考えれば、第二部のみならず第一部についてもバロックとの関連性を認めるアレヴィンの主張は、傾聴に値する。だが、アレヴィンは作品の「内容」に着目し、そこにバロック的モチーフがあることを指摘するにとどまり、実際のテクストに立ち入った分析や立証を行っていない。そこで本節では、まず、これまでバロックとの関連という点からあまり議論されることのなかった第一部のテクストの構成に焦点を当てて論じていくことにする。言わば第一部のバロック的構成を明らかにしてゆくことで、そこに込められた筆者ゲーテのメッセージも浮き彫りになるはずである。

本章で特に注目するのは、「ワルプルギスの夜の夢」（四二二三―四三九八行）である。これは元来、『ファウスト』の一部として創作されたものではない。シラーの『一七九八年詩神年鑑』のために諷刺詩

『クセーニエン』の続きとして書かれたが、『詩神年鑑』には結局掲載されなかった。一七九七年一二月二〇日にゲーテはシラー宛ての手紙において、この場面を発表する格好の場所を『ファウスト』に見出

[105]『ファウスト』からの引用は、FA, I. Abt., Bd. 7/1 により、本文中に行数を示す。訳出の際には、山下肇他訳『ゲーテ全集第三巻』潮出版社、二〇〇三年、を参照した。『ファウスト』の注釈については、Johann Wolfgang Goethe: Werke. Hamburger Ausgaben in 14 Bänden. Hg. v. Erich Trunz. 16., überarbeitete Aufl., 1996.〔登張正實他編『ゲーテ全集　全十五巻』潮出版社、二〇〇三年〕〔以下、HA と略記〕をも使用した。同書からの引用の際は、略記号と巻数（HA, Bd. 3）を示す。

[106] ゲーテの『ファウスト』とバロックの大世界劇場との関連については、アレヴィンの以下の著書が明確に示している。Vg. Alewyn/Sälzle, a. a. O.〔アレヴィン／ゼルツレ、前掲書参照〕

[107] これに関して、アレヴィンは次のように述べる。「デモーニッシュな存在やアレゴリー的な存在、神話的な存在が祝祭の形で活動すること、これが『ファウスト』では舞台を三回満たしている。つまり、第一部の「ワルプルギスの夜」と、「皇帝の宮廷」という場面、そして、エーゲ海でのガラテアの凱旋パレードにおいてである。」Alewyn, R.: Goethe und das Barock (Anm. 9), S. 136.

[108] 第二部を中心としたメフィストーフェレスの道化的役割に、バロック劇との接点を重要視した先行研究に、田中岩男「道化メフィスト――『ファウスト』における道化的視点の意義――」日本独文学会『ドイツ文学』、一三三号、二〇〇七年、一六七―一八三頁、がある。

した旨を知らせている。[109]

「ワルプルギスの夜の夢」の中で、本節の分析にとって特に重要な箇所は、「時代諷刺的場面」である。そこには、世渡り上手・思惑違いの人びと・鬼火たち・流れ星・粗野な人たちという呼び名で、フランス革命後に登場した政治家たちの類型が五人登場し、革命後の時代に翻弄される自らの姿を物語っている。彼らが登場するのはこの一回限りであり、この場面は、成立事情から察知できる通り、『ファウスト』第一部の主題をなす学者悲劇およびグレートヒェン悲劇という言わば本筋の部分とは、内容上関係を持たないように見える。それゆえ、従来のワルプルギス場面の研究史においては、完全に論述対象外として重要視されないか、[110] あるいは積極的に本筋の場面との関連付けを試みてはいるものの、知的インパクトに乏しい見解しか導かれなかった。[111] しかし、本筋にとってこの時代諷刺の場面が不必要であるのなら、なぜ削除されなかったのか。話の筋から浮き上がった印象を与えるとしても、それが残されていることにむしろ注意を向けなければならない。本論文の観点からすれば、不自然な人工的夾雑物の印象さえ与えかねない時代諷刺が本文に組み込まれている点にこそ、『ファウスト』をバロックの観点から考察する大きな鍵がある。

二．バロック期における世界観

本節では、分析の拠り所となる「バロック的」要因として、四四頁以降で概略を述べたエンブレム（寓意画）を参照する。エンブレムは、一七世紀のヨーロッパ、特にドイツにおいて広く普及した表現技法である。まず、エンブレムの流行の背景にある当時の思潮から確認しておきたい。

一般に「バロック」と呼ばれる一七世紀は、中世と近代の間の過渡期であり、科学面ではデカルトやライプニッツ、ニュートンらによる科学革命が起こった一方で、文学や芸術の分野には中世以来の世界観も根強く残っていた。トゥルンツは「バロック」時代の特徴を中世的な世界観に見出し、「バロックは大きな体系思想の時代である。全てのものの統一は、様々な領域と神が自然に与えた諸法則の間

［109］FA I. Abt., Bd. 7/2, S. 362.
［110］Rickert, H.: Goethes Faust. Die dramatische Einheit der Dichtung. Tübingen 1932, S. 264.
［111］Resenhöfft, W.: Existenzerhellung des Hexentums in Goethes «Faust». (Mephisto Masken, Walpurgis) Grundlinien axiomatisch-psychokogischer Deutung. Bern 1970; Frankenberger, J.: Walpurgis. Zur Kunstgestalt von Goethes Faust. Leipzig 1926.

の、調和のとれた関係のうちに示されている」[112]と述べる。ケプラーを始めとした当時の思想家、建築家、音楽家たちの重大関心事は秩序（Ordo）と体系、調和であり、その思潮から詩人たちも免れえなかったとトゥルンツは説明する。彼は、バロックの秩序思想を、存在領域の類比、階級上の秩序、学問と芸術の秩序という三つの問題領域に分類して採り上げる。バロックの秩序思想における存在領域の類比とは、神と自然、もしくは自然と人間の間に類比関係が存在するという信念のもとで、人間の側から神の秩序を見出そうとする思潮である。例えば、神と自然の間の類比関係であれば、自然の領域における光が神性に対応するものと見なされ、自然と人間の間のそれであれば、太陽と金が人間の心臓に、月と銀が人間の頭脳に類比された。合理主義的思想が浸透する一方で、このような宇宙と人間の照応関係を一七世紀においても依然として持ち続けた科学者として、『両宇宙誌』（一六一七―一六二一年）を著したロバート・フラッドがいる。彼は自著の中で、宇宙と人間を大宇宙と小宇宙と見なし、両者の調和に深く関心を寄せていた。彼はヘルメス主義的立場をとり、「小宇宙を理解すれば、必然的に大宇宙も理解することになる」[113]と考えた。自然探求により宇宙を「存在の叡知的位階」として把握し、最終的に、「あらゆる源泉から知恵を引き出し」、「神を直接知る」ことが人間の正しい目的とされた。[114]フラッドが活動した時代には、このような錬金術的哲学がいまだ強い影響力を持ち、『両宇宙誌』はそうした思想を代表する著作となった。大宇宙と小宇宙を照応関係で捉えるフラッドの世界観にも、安定した位階的秩序を前提とする中世以来の構図が描かれる。彼は自著の中で大宇宙を図解する際、同心円状の大宇宙を大きく三層に分け、上層を天上界、中層をエーテル界、下層を元素界と見なし、さらに各層をいくつもの階層に分割して図示した。[115]

安定した位階的秩序に則った万物の照応関係を前提とする世界観からは、バロック文学の特徴のひとつである「エンブレム（寓意画）」が生み出される。トゥルンツによれば、「ある自然界の対象が自らを超えてある別のものを指し示すとき、それは一七世紀では『エンブレム』と呼ばれる[116]」のである。トゥルンツは、「エンブレム」を、「名詞の集積」および確固とした「アレクサンドリーナー詩型」と並ぶバロック時代特有の文体的手段と見なしている。「バロック文学全体は比喩的であり、エンブレム的である[117]」ことから、「エンブレム」は、言わば「バロック」の本質を体現する表現技法なのである。

本章では、分析の拠り所としてこのエンブレムに着目しつつ、一見して夾雑物的な印象を与える「ワルプルギスの夜の夢」の社会諷刺的場面の位置づけについて、「バロック」的な再解釈を試みる。

〔112〕Trunz, E.: Weltbild und Dichtung im deutschen Barock. In: Aus der Welt des Barock. Dargestellt v. R. Alewyn [et al.]. Stuttgart 1957, S. 3.
〔113〕Godwin, J.: Robert Fludd. Hermetic Philosopher and Surveyor of Two Worlds. London 1979, S. 18.〔ジョスリン・ゴドウィン『交響するイコン――フラッドの神聖宇宙誌』吉村正和訳、平凡社、一九八七年、四一頁〕
〔114〕Godwin, a. a. O., S. 10.〔ゴドウィン、前掲書、二四頁〕
〔115〕ゴドウィン、前掲書、五三頁。
〔116〕Trunz, a. a .O., S. 11.
〔117〕Trunz, a. a. O., S. 31.

三．バロック文学におけるエンブレム構造――描出と解釈

三．一．エンブレム（寓意画）の規定

本書では『ファウスト』第一部の構成それ自体が「エンブレム」的であることを検証したいと考えている。そのためにも、「エンブレム」がどのような形式を持つものであるかを、より詳細に確認しておく必要がある。

一般に「エンブレム」は、「図像とテクストを結合させている初期近代の文学ジャンルであり、学識あるエピグラム芸術の特別形式[118]」と言われている。既に第二章でも触れたように、これが表題、図像、テクストの三つから構成されるというのが定説である。しかしこの点については研究者による見解の相違も存在するので、エンブレムに関する主要な二つの見解を検討しつつ、本書におけるエンブレムの規定を見定めたい。

まず、プラーツ『バロックのイメージ世界』（第二版、一九六四年）は、「エンブレムとはある綺想を説明した事物（対象の表象）であり、エピグラムとは事物（たとえば芸術作品、奉納物、墓碑のような）を説明した言葉（綺想）である[119]」と規定する。彼は、エンブレムとエピグラムの根底に存在する「綺想（concetto）」を重要視しており、エンブレムについても、その「図像」を中心とした考察を展開する

ので、エンブレムの形式的構成や具体的な機能などにはあまり触れていない。エンブレムから解釈部分のテクストを除いた形式は「インプレーサ」と呼ばれる。プラーツも両者の区別に言及してはいるものの、エンブレム独自のアレゴリー的性格には注意を払っていない。それゆえ一七世紀に隆盛を誇ったアレゴリーとその後の時代に支持されたシンボルとの境界を探るといった指向も、彼には見られない。

シェーネの『エンブレムとバロック演劇』（第三版、一九六四年）の場合、エンブレムは「図像とテクストが三部構成をなして結合した形[120]」とされる。つまり、表題にあたるインスクリプティオ、図像を示すピクトゥーラ、図像が表現している内容を説明し解釈するスブスクリプティオの三部から構成される。シェーネは、プラーツとは異なり、アレゴリーとシンボルとの境界に注意を向けている。それによると、エンブレムはアレゴリーの一種として位置づけられる。つまり、ゲーテ時代に大いに支持され、「図像の理念、意味、意義が真理の手によってポエジーのヴェールに包まれ、効果的であると同時に捉えがた

〔118〕Meid, V.: Sachwörterbuch zur deutschen Literatur. Durchgesehene und verbesserte Ausgabe. Stuttgart 2001, S. 131.
〔119〕Praz, M.: Studies in seventeenth-century imagery, Roma 21964, S. 22.〔マリオ・プラーツ『バロックのイメージ世界　綺想主義研究』上村忠男他訳、みすず書房、二〇〇六年、二六頁〕
〔120〕Schöne, A.: Emblematik und Drama im Zeitalter des Barock. 3. Aufl. mit Anmkg. München 1993, S. 18〔アルブレヒト・シェーネ『エンブレムとバロック演劇』岡部仁＋小野真紀子訳、ありな書房、二〇〇二年、二〇頁〕

く、じつにいわくいいがたい形で現われる」[121]とされた「シンボル」とは決定的に違うのである。ズルツァーの見解を援用しつつ、シェーネは、条件付きでエンブレムをアレゴリーの一変種に位置づける。「エンブレムが具体的な記号としてもつその意味によって、原理的に認識可能な特定の対象を指し示し、一義的な意味関連によって、個々の特殊なものの具体的な状況を超えて普遍的で原則的なものへといたるかぎりでは、エンブレム表現はアレゴリーの一変種として理解しなければならない。[122]」シェーネが留保をつけながら定義を行うのは、彼がアレゴリーとエンブレムの違いにも目を向けているからである。彼は、エンブレムの理想型を探る際、ズルツァーに依拠しつつ、両者が図像の取材源において異なることを強調する。つまり、エンブレムの場合には図像がすべて自然の模写であるのに対し、アレゴリーでは描き手が全てまたは一部を創作した図像が用いられるのである。この点を除けばあたかも本質的な違いがないように見えてしまうが、シェーネはさらに次のように念を押している。「エンブレム本来の中核的な理想型、つまりエンブレム特有の理想型にとって重要なのは、それが存在するものであるのと同時に意味するものでもあることなのだ。これに対し、アレゴリーは現に存在しているのとはちがったことを意味しており、エンブレムの図像の潜在的事実性も理念的優位も、示すことはない。[123]」

さて、エンブレムやアレゴリーが一七世紀に支持された理由としては、神の秩序が支配する固定した世界観の希求が挙げられる。宗教改革によってもたらされた旧秩序の揺らぎに対する不安が、人為的に誇張された秩序再現の欲求となって現れたと言えばよいだろうか。アレゴリーが通用する世界では、神の秩序は時間を超越し、揺ぎ無いものであり、世界のあらゆる事物はヒエラルキーに従って配置される。アレゴリー解釈者があるアレゴリーをテクストの中に見出し、そこに秘められたメッセージを解読する場合、アレゴリーを解く鍵は、テクスト中の直接的なコンテクストとは別の価値体系や観念体系の中に探さなければならない。つまりアレゴリーは、その解釈者が「字義通りの意味と外部にあるリファランス系の間を行ったり来たりする運動の自由をも前提とする」[124]のである。この場合、テクスト外の価値体系や観念体系は、確固たる体系であり、静的な世界観のもとにあることが前提となる。ガダマーも、アレゴリーとシンボルの対立の経緯を説明する際、アレゴリーが成立する前提には、慣習・教養の

〔121〕Schöne, a. a. O., S. 32.〔シェーネ、前掲書、三四頁〕
〔122〕Schöne, a. a. O., S. 32.〔シェーネ、前掲書、三五頁〕また、アンガス・フレッチャーによる次の説明も、エンブレムがアレゴリーに含まれることを暗示するとみなしてよいであろう。「アレゴリー詩人は、時の翁の鎌、不和のリンゴといったエンブレムや図像学的な図案（devices）を用い、あるいはそうした小道具を仕込んだ物語を用いながら、彼の虚構作品の中に曖昧で重層的な（ダンテふうに言うなら「多義的 polysemous な」）意味を組み込んでいく。」Vgl. Fletcher, A.: Allegory in literary history. In: Dictionary of the History of Ideas. Studies of Selected Pivotal Ideas. Philip P. Wiener (Editor in chief). Volume I. New York 1973, S. 41.〔アンガス・フレッチャー「文学史におけるアレゴリー」、アンガス・フレッチャー他『アレゴリー・シンボル・メタファー』高山宏他訳、平凡社、一九八七年、八－四九頁所収、一一頁〕
〔123〕Schöne, a. a. O., S. 33f.〔シェーネ、前掲書、三六頁〕
〔124〕Fletcher, a. a. O., S. 41.〔フレッチャー、前掲書、一二頁〕

固定によって作り上げられた秩序があることを認めている。ガダマーによれば、一八世紀になると、体験美学や天才美学が登場し、ゲーテの芸術理論における象徴概念の影響もあって、それまで厳密な区別がなされなかったアレゴリーとシンボルは、相互に対立する概念として意識されるようになった。確固たる伝統に基づき、常に特定の挙示しうる意味を持つアレゴリーには、人為的に意味が付帯したものとして否定的評価が下され、尽くし難く特定の意味に規定されない解釈が可能なシンボルに軍配が上がったのである。[125]

以上のような経緯でその地位をシンボルに取って代わられたアレゴリーとその変種であるエンブレムであるが、プラーツやシェーネらによる規定の試みを概観すると、シェーネによる規定はシンボルとアレゴリーとの境界づけを試みている点で、プラーツによる定義よりも明確である。もちろん、プラーツとシェーネ両者の規定に対しては、ショルツによる次のような批判もある。「過去五〇年間でおそらくきわめて影響力を及ぼしたと思われるエンブレムの二つの見解を我々が批判的に分析してわかったことは、両者の場合とも実際に問題にしているのは、意図的だとはいえないまでも、エンブレムの部分的定義なのである。[126]」その上でショルツは、エンブレムについてのより詳細な定義を試みている。だが、本論文の考察にとって重要なのは、エンブレムの厳密かつ詳細な定義ではなく、ほとんど全てのエンブレムが共有するその構成上の特徴と、その機能である。そしてその働きがバロック文学のひとつの特徴を生み出しているのである。それゆえ、ここでのエンブレムの規定としては、シェーネに依拠すれば十分である。

三．二．エンブレムの「二重機能」とその応用

前述の通り、エンブレムは、表題にあたるインスクリプティオ、図像を示すピクトゥーラ、図像が表現している内容を説明し解釈するスブスクリプティオの三部から構成される。具体例として、「雛を孵すために息を吹きかける駝鳥」のエンブレムを挙げる（図1）。

エンブレムの最上部が表題のインスクリプティオ（DIVERSA AB ALIIS VIRTVTE VALEMVS というテクスト）、

DIVERSA AB ALIIS VIRTVTE VALEMVS.

Passer ut ova fovet flatu vegetante marinus:
Sic animat mentes gratia dia pias.

図1

---

[125] Gadamer, Hans-Georg: Hermeneutik I. Wahrheit und Methode. Grundzüge einer philosophischen Hermeneutik. In: ders.: Gesammelte Werke. Tübingen 1986, Bd. 1, S. 76-87.〔ハンス＝ゲオルク・ガダマー『真理と方法Ⅰ』轡田收他訳、法政大学出版局、一九八六年、一〇二－一一五頁〕そのほか、アレゴリーがその地位をシンボルに奪われた理由として、進化論に代表されるような文化人類学上の発見と、それによる世界観の変化も挙げられるであろう。Vgl. Fletcher, a. a. O., S. 47.〔フレッチャー、前掲書、四〇－四一頁〕

[126] Scholz, B. F.: Emblem und Emblempoetik. Historische und systematische Studien. Berlin 2002, S. 284.

中央部の画像がピクトゥーラ、最下部がスブスクリプティオ（Passer ut ova . . . 以下のテクスト）である。インスクリプティオには、「計り知れない力によって我々は生命力を享受する」と記される。シェーネによれば、表題であるインスクリプティオは、描かれているものの記述でしかないことが多く、古代の著述家や聖書の句、あるいは諺の引用であることも珍しくないが、概して、絵から導き出される標語、短い格言、諺ふうの断言、簡潔な公理等である。一方、ピクトゥーラの下に位置するスブスクリプティオには、このエンブレムの場合、「駝鳥という鳥が、息によって自らの卵に命を与えて孵すように、神の恩寵は敬虔な魂に命をお与えになる。」と記されている。このように、駝鳥が卵に息を吹きかけて雛を孵すという自然界における現象を、ひとつの事例として引き合いに出しながら、どの生命も神の恩寵があってこそだという教えが導き出される仕組みになっている。こうして、ピクトゥーラの下に置かれたエピグラム形式のテクストによって絵に描かれたものを解釈し、たいていの場合、普遍的な処世哲学や行動規則を述べる。それがスブスクリプティオの役割であると、シェーネは説明している。[127]

以上のように、エンブレムは三つの部分から構成されるのであるが、本論の文脈では、以下のシェーネのように、ここに含まれる二つの基本的な「機能」に着目することが重要である。つまり、彼によれば、三部構成であるエンブレムは、「描写と説明、あるいは描出と解釈という二重の機能」から捉え直すことができる。[128] 実際、エンブレム全盛期の一七世紀において、ハルスデルファーはエンブレムについて次のように述べている。「そのような図像と文章は寓意画と呼ばれる。というのは、寓意画は、その作成者の意図や見解、知性が含まれている図像とわずかなことばによって構成されているからだ。つまり、寓意画は、さらなる熟考につながるきっかけを与えることにより、描かれたり述べられたりされていること以上のことを示している。[129]」この引用からも、エンブレムが当初から、図像による描出と言葉による解釈という二重の機能を含む表現と見なされていたことがわかる。

ところで、このエンブレムは、それ自体が悲劇テクストにおいて、ある特定の意味を担う比喩表現として使用されただけではない。バロック悲劇のテクストの形式面においても、描出と解釈という二重の機能を持ったエンブレム的構造が見出されるとシェーネは主張する。[130] 例えば、「徳の‐巌（Tugend-Fels）」や「嫉妬の‐蛇（NeidesSchlangen）」などのような、抽象名詞と具象名詞を組み合わせ、前者を後者の解釈部分として機能させる合成語、舞台上の出来事を叙述する台詞の直後に付されるまとめとしての訓言、悲劇本筋のテクスト部分である幕とその解釈部分として機能する合唱隊、『グルジアのカタリーナ。あるいは実証された恒常心。』のような二重表題などに、バロック悲劇のエンブレム的構造が共通して見出される。これらの例の中で、本論にとって特に重要なのは、幕と合唱隊の配置に見られるエンブレム的構造である。そこで、この点に絞って、さらに敷衍しておきたい。

〔127〕Schöne, a. a. O., S. 19.〔シェーネ、前掲書、二二頁〕
〔128〕Schöne, a. a. O., S. 21.〔シェーネ、前掲書、二三頁〕
〔129〕Harsdörffer, G. Ph.: Frauenzimmer Gesprechspiele. Erster Theil. Nürnberg (1644) Tübingen 1968, S. 51.
〔130〕Schöne, a. a. O., S. 131-196.〔シェーネ、前掲書、一三九－二〇八頁〕

バロック悲劇はそもそも五幕構成であり、各幕は、悲劇の本筋部分と、そのあとに加えられた合唱隊部分の二つから成り立っている。例えば、第一幕の合唱隊部分で書かれていることは、同じ第一幕の本筋の事件からは全く別次元の事柄である。だが、この合唱隊部分は、本筋で起きた事件から導き出される教訓を歌っている。[131] シェーネによれば、この本筋部分がエンブレムにおける「描出」に相当し、合唱隊部分が「解釈」に相当する。このようにバロック悲劇では、「描出と解釈」というエンブレムの二重機能が、劇全体のマクロな構成に転用されている。この劇構成にみられるエンブレム的構造が『ファウスト』第一部についても指摘できるというのが、本章が呈示する仮説である。つまり、「ワルプルギスの夜の夢」を除いた第一部の全体が「描出」、「ワルプルギスの夜の夢」が「解釈」に相当するのである。以下では、このことをさらに具体的に検証してゆきたい。

四．エンブレム的構造から照らして見る『ファウスト』第一部

四．一．描出部分としての本筋部分

『ファウスト』第一部の本筋部分は、前述の通り、主人公ファウスト自身が鬱屈した気分を抱えながら研究生活の不毛を歎くことから始まる学者悲劇の部分と、メフィストーフェレスとの契約後に飛び込ん

だ市井の世界でグレートヒェンと熱烈な恋に落ちることから始まるグレートヒェン悲劇の部分から成り立つ。周知の事柄ではあるが、ワルプルギス場面との関連を論じるための前提として、簡潔に内容を確認しておく。

第一部前半部である学者悲劇において、主人公は自分の実験室を「牢獄（Kerker）」に譬えて、自らの研究生活が鮮やかに活性化しないことに対する不満を語る。

[131] ローエンシュタインの『クレオパトラ（一六六一年版）』を例に挙げると、本筋では、アクティウムの海戦の主要人物であるエジプトの女王クレオパトラ、その夫アントニウス、彼ら二人に敵対するアウグストゥスを中心にした登場人物の動きが描かれるのに対し、各幕末尾に付く合唱隊の詩には、これらの主要人物はまったく登場しない。例えば第四幕の場合、本筋では、アントニウスの死後のクレオパトラの苦衷が語られる。アウグストゥスは、彼女をローマ凱旋時の見世物にしようと企みながら、それをひた隠しにしつつ、恭しい態度でローマへ来るよう頼む。クレオパトラはアウグストゥスの本心を見抜きながらも、彼に同意する態度を装い、アントニウスの埋葬だけは済ませたい旨を願い出る。ところが、第四幕末尾の合唱には、主要人物は一切登場せず、エジプトの宮廷とは対極の世界に住む牧人たちが登場し、遊牧生活は粗末ではあるが誠実な愛があると歌う。こうして一見煌びやかに見える宮廷が偽善や疑心、偽りの愛に満ちた世界であることを訴えるのである。Vgl. Lohenstein, a. a. O.

ファウスト
　私は学士だの、博士だのと名乗り、
　もう十年ぐらい、
　弟子どもを言いくるめ、
　上へ下へ、あちこちと振り回してきたが――
　結局わかったのは、人間は何ひとつ知ることができないということだ！
　これでは心がまったく張り裂けそうだ。
　〔……〕
　しかも私には金も財産もなければ、
　世間の名誉と栄光にも浴さない。
　こんな人生は犬だって望みやしない！（三六〇―三七六行）

ファウスト
　やれやれ！　私はまだこの牢獄に引き篭もっているのか。（三九八行）

自分が属するアカデミズムの現状に対して彼が抱いている閉塞感が、彼を魔術の道へと進ませ、「書斎」でのメフィストーフェレスとの契約を促す。ファウストは、契約の直後、二人でアウエルバハの酒場に向う。結局、酒でもってファウストを堕落させられなかったメフィストーフェレスは、次にはもっと強力な誘惑材料であるエロスの力によって、ファウストを堕落させようと努める。「魔女の厨」で、ファウストは鏡に映った絶世の美女の像を見る。その瞬間、彼のエロス的欲求が覚醒される。

ファウスト（先刻から鏡の前に立って、そこへ近づいたりそこから離れたりしている）
私が見ているのは何だ。何て素晴しい姿が、
この魔法の鏡に映っていることか！
おお、愛の女神よ、あなたの一番速い翼を私に貸してください！
そして、あのひとのいる地へ私を連れていってください！（二四二九—二四三二行）

さらに彼の若返りに効能を発揮した魔女の秘薬によって、この欲求は持続され、グレートヒェンとの出会いへとつながっていく。

第一部後半を成すグレートヒェン悲劇は、「街路」の場面で始まる。メフィストーフェレスとともに街路に出たファウストは、教会から出てきたグレートヒェンに一瞬にして惚れ込む。「夕べ」において彼は彼女の部屋に忍び込み、こう叫ぶ。

ファウスト　この牢獄に、なんという無上の幸せがあることか！（二六九四行）

メフィストーフェレスの周到な工作により、ファウストとグレートヒェンは相思相愛の関係になる。グレートヒェンは、メフィストーフェレスの正体に内心気づきながらも、ファウストとの愛を最優先する。だが、その代償として、彼女は祝福されない妊娠をし、兄ヴァレンティンや、教会で祈る彼女のもとに忍び込んできた悪霊によって、その「罪」を責め立てられる。彼女がこの大きな代償を一身に背負う一方で、ファウストは、洞窟やワルプルギスの祭が行われているブロッケン山など、彼女から離れたところへ逃避する。その間にグレートヒェンは母と兄を失い、極秘に出産したファウストとの間の子を殺害し、その罪により文字通りの牢獄に囚われてしまう。それを知ったファウストは、獄中のグレートヒェンの安否を気遣う。

ファウスト　何と見るにしのびない哀れさ！　どんなに絶望していることか！　哀れにこの地上で道を踏み外しさまよったあげく、ついに捕らわれの身になってしまったとは！　獄中につながれて、身の毛もよだつ苦悩にさいなまれているのだ、気の毒なかわいいあの娘は！　あんな事態にまでなってしまうとは！（「曇り日・野っ原」[132]）

ファウスト自身、グレートヒェンの迎えた結末を知るや否や、彼女の境遇に心を痛め、メフィストーフェレスとともに彼女の救出を試みる。だが、獄中のグレートヒェンは、すっかり変わり果て、錯乱した姿でファウストの前に現れる。

ファウスト（小声で）

しっ！　静かに！　僕だ、君を助けに来た。

マルガレーテ（転がるように彼の前に出て）

あなたも人の子なら、私の苦しみをわかって！

ファウスト

番人が目をさますじゃないか！

（彼女の鎖をつかみ、それを解きにかかる）

---

［132］FA, I. Abt., Bd. 7/1, S. 188.

マルガレーテ（ひざまずき）

首切り役人さん、誰があなたに、
私をこう扱う権限をくれたの？
真夜中なのに、もう私を連れていくのね。
お慈悲をもって、私を生かしておいてください！
〔……〕
私の願いを無駄にしないで、
あなた、これまでに見たこともない人だわ！

ファウスト

何という辛さ！（四四二四―四四四一行）

このように、ファウストは、グレートヒェンがもはや正気を保てない程に錯乱していることを深く嘆き悲しむ。グレートヒェンを脱獄させ、自由の身にするための彼の説得も虚しく、夜が明けてその猶予がなくなり、牢獄の中に彼女を置いたまま、ファウストとメフィストーフェレスはその場を立ち去る。

四．二．「ワルプルギスの夜の夢」

「ワルプルギスの夜の夢」は、「ワルプルギスの夜」に続く小場面で、劇中劇の形をとって、魔物たちの祝祭の様子を描くものである。そこには、クリストフ・フリードリヒ・ニコライやアウグスト・ヘニングスなどゲーテを批判する論者たちへの皮肉がこめられているとされるが、ブロッケン山に集う魔女たちや悪魔たちの賑わいを目の当たりにしながら、その存在を議論する哲学者たちの様子などが、アイロニカルに描き込まれている。

まず、四二二七行から四二五〇行目の導入部は、オーベロンとティターニアの金婚式を祝う場面で、その後、芸術家たちのグループや文学者たちのグループ、哲学者たちのグループが数人ごとにまとまって次々と登場する。彼らはそれぞれの立場から自分の意見を述べており、彼らの発言を通して筆者ゲーテが彼らを諷刺しているのは言うまでもない。だが、場面の流れとして捉えると、彼らはワルプルギスの祭の光景を叙述したり、悪魔の存在について各人の立場から議論をしたりしている。

「物見高い旅の男」はニコライを、「伝統保守派」はゲーテの『ローマ悲歌』のエロティシズムを非難した人びとを指すと言われる。[133] ゲーテは、これらの人びとに渾名をつけて揶揄すると同時に、彼らにワルプルギスの祭に集う悪魔たちや魔女たちを叙述する役目も与えている。

---

［133］ HA, Bd. 3, S. 574.

物見高い旅の男

こいつは仮装舞踏会のいたずらじゃないかね。
自分のこの眼を信じてよいものか、
今日、ここで、
あの美しきオーベロンを拝もうとは！（四二六七―四二七〇行）

伝統保守派

やれやれ、こんなところにまで来てしまった、
ここはまあ、なんてだらしのないところだ！
この魔女の軍勢を見渡して、
髪粉をつけているのがたった二人しかいないとは！（四二七九―四二八二行）

その次に登場する「独断論者」から「懐疑論者」までの五人は、ゲーテ時代の哲学者たちの各流派を表す。ゲーテがこれらの人物たちも揶揄して描いていることは明らかだが、彼らは魔界の祝祭を眼前にして、悪魔や霊のように実在するか否かの立証がきわめて困難な対象について、それぞれの立場から見解を披露する。

独断論者

批判やら懐疑やらを声高に叫んで
おかしな方向に行くのはまっぴら御免だ。
悪魔は存在するはずなのだ。
でなければ、いったいどうしていると言うのか。

観念論者

今回は、私の頭の中の空想が
行きすぎたようだ。
いやはや、ここにいる私がこの全てだとすると、
今日の私は馬鹿と変わらぬではないか。

実在論者

こういう騒ぎがほんとうに私の悩みの種で、
非常に腹が立って仕方ない。
ここに立ってみて初めて、
私の足もとがぐらぐらするのを感じるぞ。

超自然主義者
ここで存分に楽しんだぞ、
ここの魔女どもと一緒で実に面白かった。
悪魔どもがいるから、よき霊たちの存在まで
推論できるというものだ。

懐疑論者
この連中ときたら、あのちっぽけな焔の群れの跡を追いかけて、
それで鬼の首でも取ったつもりでいる。
「怪鬼」と語呂が合うのは「懐疑」だけ、
だからこそこの場は私がふさわしい。（四三四三―四三六二行）

ここまでの場面は、ブロッケン山の祝祭を叙述するに過ぎない。したがって、本筋の内容を解釈している部分ではない。だが、哲学者たちのグループが登場した後の、次の政治家たちのグループが登場する時代諷刺的場面になると、それまでとは趣が変わる。

世渡り上手

心配無用、これが
陽気な連中の言うことさ。
二本の足ではもう歩けないなら、
頭で歩いて行きますぜ。

思惑ちがいの人びと

これまではどうにか媚びへつらって食いつないできたが、
今では神に見放されたも同然だ！
踊りすぎて靴の底が抜けて、
今じゃはだしで逃げている。

鬼火たち

泥沼から生まれ、
そこからやっと出てきたわれわれだ、
すぐにここの踊りの列に入れば、
華やかな色男とも区別がつくまい。

流れ星

星と輝き、火と燃えて、
空からこちらへ落ちてきたが、
今じゃ草むらの中に転がって起きられぬ――
誰か助け起こしてはくれないか。

粗野な人たち

さあ、どいたどいた！　そこを空けるんだ！
雑草どもはこうして倒してやる、
俺たち幽霊のお通りだ、幽霊でも
ずっしりとした手足があるぞ。（四三六七―四三八六行）

彼らより先に登場した人物たちと決定的に違うことは、彼らだけがブロッケン山の舞踏会の光景を描写していないことである。この場面は、フランス革命によって没落の憂き目に遭ったり、逆に成り上がったりしたヨーロッパ社会の政治家たちへの当て擦りである。世渡り上手は、あらゆる艱難辛苦をくぐり抜けた、知性的な人びとのことであり、その次に登場する思惑違いの人びとは、フランス革命を機に亡命したフランスの宮廷貴族である。鬼火たちは、フランス革命を境に成り上がった連中であり、流れ星は、鬼火たちとは反対の運命をたどった人びと、つまり革命前には高い地位にいたが、革命によってその地位から転落し過去の栄光を失った零落者である。また、粗野な人たちは下層階級の民衆であり、革命を機にのし上がろうとしている。[134]

ゲーテは、「ワルプルギスの夜の夢」の中に、諷刺的に描かれたこの五人を登場させることで、新しい時代の到来を暗示する。つまり、この五人の場面は、フランス革命をひとつの大きな転換点とする時代の移り変わり、それに伴う社会構造の変化を表現している。時代に翻弄された心境を、ある者は嘆息交じりで、またある者は千載一遇の好機と言わんばかりの態度で語る。フランス革命というヨーロッパ社会の大転換事件を契機に、凋落あるいは興隆という下剋上の波に飲まれたこれらの人びとはみな、時代の変化と社会構造の流動化を体現している。

四．三．解釈部分としての「ワルプルギスの夜の夢」

「ワルプルギスの夜の夢」の五人の政治家の時代諷刺的場面は、時代の変化および社会構造の流動化と

---

[134] FA I. Abt., Bd. 7/2, S. 368.; Gaier, U.: Erläuterungen und Dokumente. Johann Wolfgang Goethe. Faust. Der Tragödie Erster Teil. Stuttgart 2001, S. 200.

いう訓言を伝えている。この場面を、エンブレム構造におけるスブスクリプティオとして捉えるなら、ここで言われる訓言は、『ファウスト』第一部の本筋における主人公たちの結末を、別の次元から意義付けていることになる。つまりこの訓言は、下克上的な時代転換の表象によって、本筋での世界観をいささか古風で違和感を与えるものにしてしまう。さらには、この違和感の延長として、新たな時代の到来までをも暗示する。しかしこの訓言に照応する要素を、実は本筋の中のファウストの言動にも見て取ることができる。

本筋において、嬰児殺しの罪で死刑判決を受けた獄中のグレートヒェンは、ファウストの脱獄の勧めを拒み、死刑を受け入れる。中世以前の「刑罰」[135]には、宗教的・呪術的側面が強く、刑の執行は、犯罪によって乱された秩序をリセットする一種の儀式として捉えられていた。[136]勿論、グレートヒェンが生きている時代はそれほど昔には設定されておらず、刑は犯罪予防の威嚇的手段と位置づけられているはずである。しかし同時に、グレートヒェン悲劇が構想・執筆された頃のゲーテの目には、宗教の強い影響や古来からの俗信的習慣の名残によって、古風な倫理観がいまだに市民生活を締めつけているようにも見えたであろう。子殺しに対する罰としての死刑は、啓蒙思想の洗礼を既に受けたゲーテの感覚からすれば、明らかに重過ぎるものである。[137]

したがって、啓蒙思想の影響を受けた若いゲーテ自身を反映して、近代的な思考の持ち主ファウストは、厳格すぎる刑罰に疑問を投げかけ、いわば近代的な人間の代表として、グレートヒェンに下された死刑判決に異議を唱える。

〔135〕ここで使う「刑罰」とは、中世以前のゲルマン諸世界において、生活の秩序を乱すある犯罪行為に対する罰である。西ヨーロッパには中世盛期まで、我々が理解しているような法に基づく刑罰という概念はなく、ドイツ語圏で法概念としての刑罰（Strafe）が法史料に登場するのは一四世紀になってからと言われる。阿部謹也『刑吏の社会史』中央公論社、一九七八年、三八頁。

〔136〕Jacobs, C. J.: Kultur- und rechtsgeschichtliche Anmerkungen. In: Das Tagebuch des Meister Franz Scharfrichter zu Nürnberg. Nachdruck der Buchausgabe von 1801. Kommentar von Jürgen Carl Jacobs und Heinz Rölleke. Dortmund 1980, S. 218.

〔137〕ベッカリーアは、『犯罪と刑罰（Dei delitti e delle pene, 1764）』において厳罰の緩和を説き、これは当時の啓蒙思想家たちに大きな衝撃を与えるとともに、賛同を持って受け入れられた。彼は、「思うに、刑罰の目的は、その犯罪者が仲間の市民たちに対してふたたび害を与えるのを阻止するということ、そして誰か他の者が同じことをしないように図るということ、これ以外ではありえないはずだ。したがってまた、刑罰、そして刑罰を科す方法は、なされた犯罪とのバランスを保ちつつ、人間の心に対して、より効果的でより長続きする印象を刻みこむよう案配されたものでなくてはならない。そして、犯罪者の身体に対しては、できる限り苦痛が小さいものでなければならない。」と述べ、受刑者の人権を尊重する意向を述べる。特に死刑に関しては、国家が通常の状態にあり、革命的事態などが起こらない場合に死刑を執行することは、有用でも必要でもないと主張している。Beccaria. C.: Dei delitti e delle pene, con una raccolta di lettere e documenti relativi alla nascita dell'opera e alla sua fortuna nell'Europa del Settecento, a cura di Franco Venturi, Torino 51981, S. 31.〔チェーザレ・ベッカリーア『犯罪と刑罰』小谷眞男訳、東京大学出版会、二〇一一年、四一頁〕ゲーテは、『ヴィルヘルムマイスターの遍歴時代』と『イタリア旅行』でベッカリーアに言及しており、啓蒙思想以降のイタリアの優れた国法学者として認識していたようである。

ファウスト

　　彼女の犯した罪など、ただの邪心ない恋の迷いに過ぎない。（四四〇八行）

　グレートヒェンが不義の子を身籠ったことに一人で苦悩する一方、ファウストは、グレートヒェンに対して一見無責任とも思える行動をとる。一身に不幸を背負ったグレートヒェンから離れ、ブロッケン山という安全圏へ逃避するのである。それは、彼が前近代的世界観の中にはもはや生きておらず、彼女が受けた不名誉を、死刑につながるほど深刻なものとは思っていないからである。だから、「ただの邪心ない恋の迷い」から出た罪になぜ死刑という苛酷な刑罰を与えるのかと、その理不尽さを問い糺す。このように、ファウストの言動は、本筋部分において、俗信が根強く不公正な道徳が幅を利かす社会が既に時代遅れであること、そして、新たな価値観が支配的となる時代が到来しつつあることを、主張している。これを「ワルプルギスの夜の夢」の時代諷刺的場面が、別次元から再解釈し総括する。しかもその解釈は、本筋とは全く別次元に存在する異界の人物たちが語る「時代の変化と社会構造の流動化」に関わる訓言として、本筋で行われている社会批判と共鳴するのである。

五.『ファウスト』第一部のメッセージの明確化

前節では、『ファウスト』第一部の「ワルプルギスの夜の夢」を、その中の時代諷刺的部分を中心に採り上げ、『ファウスト』第一部をバロック悲劇に見られるエンブレム的構造にあてはめて解釈する可能性を探った。一見無関係のように見える劇中劇「ワルプルギスの夜の夢」の五人の政治家たちの場面は、第一部の本筋での事件を別次元から照らし出し、その解釈を行なっている、と見ることができる。

では、『ファウスト』第一部を、エンブレム的構造というバロック的観点から考察することによって見えてくるものは何であろうか。それは、ゲーテが一八世紀から一九世紀に移りゆく時代に、敢えて『ファウスト』を執筆した同時代的意義であろう。ゲーテは、第一部にエンブレム的構造を導入することで、中世から初期近世にかけての、彼の感覚からすれば古い時代の価値観を相対化し、人間社会の段階が従来にない新たな歴史的な段階へと切り替わりつつあることを暗示しようとしていたと考えられる。

そもそも、第一部の成立は複層的である。シュトゥルム・ウント・ドラング期の二十代に、若さゆえの勢いでもって書き上げた観のある初稿ファウストに、学者悲劇とグレートヒェン悲劇のつながりをスムーズにする諸場面が上書きされる形で、第一部が完成した。「ワルプルギスの夜」と「ワルプルギスの夜の夢」が第一部に加えられたのは、一七九七年から一八〇五年の間[138]で、ゲーテが五十歳前後の時期である。この頃、ヨーロッパはフランス革命後の動乱の最中であった。第一部が発刊された一八〇八年の二年前の一八〇六年にはライン連盟が結成され、緩慢にではあるが八〇〇年以上続いてきた神聖ローマ帝国が消滅した。前述のように、ドイツ国内においても、この年までに三〇〇以上あった領邦諸国家が約四〇にまで統廃合されるという大変動が起きた。[139] この激動の時代において、隣国フランスでは、一時的ではあるが共和制が成立する。半世紀前には予想もしなかった全く新しい社会統治のシステムの誕生である。社会の発展が新たな局面を迎えつつあることを、勘の良いゲーテが的確に察知していたこと[140]は疑いの余地がない。

このような、先行きの見えない社会状況の中で、自らの時代に何が起きているのかを冷静に見つめ理解しようと努めることは、状況に流されないためにも必要な精神的営為である。『ファウスト』第一部の本筋においては、グレートヒェンの子殺しへの厳しい判決を近代的感覚を持つファウストに批判させることで、旧時代的社会観がもはや現実に適合しなくなっていることが示される。その際のファウストは、いわゆる「ファウスト伝説」における「宗教上の反面教師的ファウスト」ではなく、「古い社会的桎梏から人びとを真の人間的自由へと解放するファウスト」である。ここにシュトゥルム・ウント・ドラング期のゲーテが反映されていることは言うまでもない。だが、感情を重視するシュトゥルム・ウント・ドラング期を脱却し、新たな場面を追加する作業に着手した五〇歳前後のゲーテは、改稿しながら、二〇年以上前に自分が学者悲劇とグレートヒェン悲劇を書いた時、何を表現しようとしていたかを冷静に客観視できたはずである。もちろん、第一部の本筋のファウストの行動からだけでも、旧時代的社会観を一種のアウトサイダー的見地から批判し、新たな時代が到来していることを暗示することはできる。しかし、第一部の本筋におけるファウストの言動には曖昧さが残り、その意義が誤解される可能性もある。一八〇〇年前後に第二部の構想を始めていたゲーテにとっては、内容的に第二部へスムーズにつなげる上でも、第一部の総括が必要であった。第二部においても、さまざまな形で、社会変動と新時代の到来というメッセージが継続されるからである。そこで、ファウストの行動と第一部自体が訴えたいメッセージをより客観的に示し、第二部との整合性をつけるために、ゲーテは言わば「自己確認」的な部分を加えたのである。本筋とは別次元の世界である「ワルプルギスの夜の夢」における五人の政

〔138〕HA, Bd. 3, S. 567.
〔139〕坂井栄八郎、『ゲーテとその時代』、二二四頁。
〔140〕ゲーテは、フランス王室の首飾り事件を知って、王室の権威失墜とそれが後に及ぼす影響を予見していた。『滞仏陣中記』（一八二二年）で彼は次のように述べている。「すでに一七八五年に、例の首飾り事件がゴルゴーンの首のように私をぎくりとさせた。このような前代未聞の無法の行為によって王室の品位が失墜し、もうあらかじめそれが葬り去られているのを私はみてとった。そして、残念ながらこの恐るべき予感は、この時以降の事態の動きによって裏付けられたのであった。」FA, I. Abt., Bd. 16, S. 565 f.〔『ゲーテ全集』第一二巻、二五九頁〕

治家たちを引き合いに出した同時代の社会状況への諷刺がこれである。これは、まさにエンブレムにおける解釈部分、つまり自己確認的部分に相当する。このようにして、『ファウスト』第一部に、バロック的エンブレムの構造が与えられたと考えられる。

第五章

第二部第一幕における仮装舞踏会の場面

一・不安定な宮廷——第二部におけるファウストの遍歴再開

グレートヒェンとの悲痛な別れを経て、眠りから覚めたファウストは、第二部という新たなステージに踏み出す。彼がメフィストーフェレスと共に赴いた神聖ローマ帝国は、財政難の危機に瀕している。宮廷内の会議で廷臣たちはこの窮状を訴え出ているが、皇帝は財政難の現状認識に乏しい。ファウストより先に宮廷に潜入していたメフィストーフェレスは、突然行方不明になった前任の道化になり代わって打開策を提案する。当初はメフィストーフェレスを怪しむ人びとも、金銭的な欲望を刺激され、やがて彼の口舌にすっかり乗せられてしまう。彼が提案した打開策とは、紙幣発行である。皇帝は、メフィストーフェレスのこの提案を十分に検討することもなく採用する。そして財政難が解決したも同然と信じ込んだ皇帝は、謝肉祭の開催を指示する。ファウストは仮装舞踏会に紛れ込み、富の神プルートゥスに扮し、錬金術を駆使して小箱から黄金を泉のように沸き立たせる技を披露する。皇帝たちが祭りに浮かれている間に、紙幣発行の手続きが家臣たちによって着々と進められる。この場面ではもっぱら帝国宮廷の愚かさが強調されており、ファウストの精神的遍歴が前面に出ることはない。

これまでにも指摘されてきたように[141]描写が冗漫で、他の幕と比較すると場面の意義深さが感じづらいこともあり、この仮装舞踏会の場面は、一見すると『ファウスト』の物語の中で副次的な役割しか演じていないように見える。従来、第二部第一幕の分析としては、皇帝の性格に関する研究[142]の他、紙幣発行というモチーフに焦点を当てた経済学的解釈[143]がなされてきた。しかし本章では、仮装舞踏会を中心とする「祝祭」を、バロック的祝祭との対比という観点から分析する。そうすることにより、第一部で読み取られたものと同様のメッセージが、より明確に浮かび上がってくるはずである。

二、「錬金術」場面とアレゴリー的人物

仮装舞踏会では、ファウスト扮する富の神プルートゥスによって、鎖や指輪などの装飾品や金貨を沸き立たせる「錬金術」が描かれている。錬金術は、ルネサンス神秘主義とともに復興し、一六世紀

---

［141］Rennert, Hal H.: The Mummenschanz-Scene of Goethe's Faust II and the English Courtly Masque. In:Ueda, Makoto (Hg.): Explorations. Essays in Comparative Literature. Lanham/New York/London 1986. S.44.

［142］Requadt, P.: Die Figur des Kaisers im »Faust II«. In: Jahrbuch der deutschen Schillergesellschaft. 8. Jahrgang 1964, S. 153-171. この研究では、第二部第一幕のみならず、第四幕にも勿論射程を拡げている。後述するビンスヴァンガーと仲正の研究も同様である。

［143］Binswanger, H. Chr.: Geld und Magie. Deutung und Kritik der modernen Wirtschaft anhand von Goethes *Faust*. Mit einem Nachwort von Iring Fetscher. Stuttgart 1985.〔ビンスヴァンガー、Ｈ・Ｃ（清水健次訳）『金と魔術』法政大学出版局、一九九二年。仲正昌樹『貨幣空間』情況出版、二〇〇〇年。両者とも、劇中の紙幣発行に象徴される近代経済を「錬金術」として捉える点で全く共通している。『ファウスト』を錬金術と見なす解釈は、この両者以前に既にユングによって明かされている。Jung, C. G.: Psychologie und Alchemie. Jung-Merker, L./Rüf, E.(Hg.): C. G. Jung Gesammelte Werke. Bd. 12. Olten und Freiburg im Breisgau 1976.〔ユング、Ｃ・Ｇ『心理学と錬金術Ⅰ』池田紘一／鎌田道生訳、人文書院、一九七六年〕

から一七世紀前半にかけて大流行した「学問」であるが、バロックにおける秘儀性という特徴の中にもその影響が残っている。実際にゲーテも若い頃に、錬金術に夢中になった時期があった。在学先のライプツィヒで喀血し、逃げるようにフランクフルトへ帰郷したゲーテは、実家で療養生活を送っていた一七六八年から一七七〇年の間に、母親の親類で友人でもあったクレッテンベルク嬢と知り合い、彼女の影響で錬金術に関心を抱くようになった。当時体調が悪化したゲーテが、主治医が自ら調剤した「自家製の秘薬」を服用したところ、すぐに病勢が快方に向かうという出来事があった。この秘薬が錬金術的な調剤によるものであったため、病気快癒をきっかけにゲーテはさらに錬金術にのめり込んでいった。これは、ゲーテ自身が『詩と真実』で告白しているエピソードである。[144]

さて、第二部第一幕の中の、財政的錬金術を含む仮装舞踏会の場面は、本筋から外れた印象を与えるだけでなく、読者を困惑させるわかりにくさを内包している。アレゴリー的人物が数多く登場するためである。これ自体、この場面の錬金術的性格を物語っている。そもそも錬金術文書は、様々な暗示的表現の多い韜晦によって成り立つものだからである。[145]「錬金術や魔術の言葉に要求されるのは、むしろ『わかりにくさ』だった。[146]」錬金術は、世界の神秘的な真理を把握し制御する術であり、奥義に達した術者（Adept）のみが駆使できるものと信じられていた。したがって、門外漢や不届き者による悪用から守るために、その奥義を秘密にする必要があった。これについてアロマティコは、以下のように説明する。「錬金術師が書いた書物には、常識的な考え方からは理解できない一節や、長々と形而上学的な思索について論じた章や、神話を使ったアレゴリーなどが次々に出てくるが、それらにたぶらかされてはならない。これらの不可解な記述は、門外漢を排除するために挿入されているのである。[147]」錬金術書に見られる象徴記号やアレゴリーは、秘術が外部に漏洩して悪用されるのを防ぐための手段だった。錬金術を正統に継ぐべき読み手のみが、象徴記号やアレゴリーを正確に読解できると見なされたのである。

　一七世紀になると、誰にもアクセス可能で透明な理性的言語を目指す動きが出てきて、これが数学や自然科学の発展にもつながってゆくのだが、世紀の前半にはまだ錬金術的伝統は大きな影響力を持っていた。その典型例がいわゆる「薔薇十字文書」である。例えば、ヨーハン・ヴァレンティン・アンドレーエ（一五八六―一六五四年）の『化学の結婚』（一六一六年）は、薔薇十字団の創立者クリスティアン・ローゼンクロイツと思しき主人公が、神秘的体験に導かれる形でとある王と王妃の結婚式に招待され、王

［144］FA, I. Abt., Bd. 14, S. 372f.〔『ゲーテ全集』第九巻、三〇一頁以降〕
［145］Hutin, S.: L' archimie. Paris ^{4}1971, S. 18f.〔セルジュ・ユタン『錬金術』有田忠郎訳、白水社、一九七二年、二八頁〕
［146］森本浩一「新旧論争と一七世紀の『言語』観」〔平成一八年度〜平成一九年度科学研究費補助金（基盤研究（B））研究成果報告書『「新旧論争」に顧みる進歩史観の意義と限界、並びにそれに代わり得る歴史モデルの研究』、新潟大学、二〇〇八年、一―二〇頁〕七頁。
［147］Aromatico, A.: Alchemie. Le grand secret. Taduit de L'italien par Audrey van de Sandt. Paris 2000, S. 43f.〔アンドレーア・アロマティコ『錬金術――おおいなる神秘』種村季弘編訳、創元社、一九九七年、四七頁〕

宮で壮麗かつ不可思議な儀式に参与する物語である。『化学の結婚』は、「錬金術の賢者の石精錬過程の寓意」[148]と解釈されることもある。物語中に見られる数々の儀式は、祝祭的壮麗さを伴っているが、そこに登場するほとんどの人物は、何がしかの概念を象徴していると考えられる。[149]

文学・芸術の領域において、錬金術的な暗号言語は、バロックにおける諸々のアレゴリー的表現法に影響を残したと言うことができる。祝祭の演目の中に様々なアレゴリー的人物を配置しながら、全体として為政者の卓越性を称賛する。この婉曲な手法で、文学は明らかに為政者の権威誇示とその自己確認作業に貢献するのである。第一幕の仮装舞踏会という祝祭にも、数々のアレゴリー的人物が登場する。祝祭が王権の支配の具であるとすれば、祝祭中のアレゴリー的人物は、当該の宮廷の政治的プロパガンダに貢献するだろう。つまり、その宮廷がどのように優れているか、またこれから何を目指して国家的進路を取ろうとするのかを表現するのである。祝祭の催し物を観る者は、そこに登場するアレゴリー的人物たちの配置を政治的メッセージとして的確に読解することを求められる。[150]

三．バロックにおける宮廷祝祭

ロイ・ストロングによれば、宮廷祝祭はバロック時代に完成を見たが、この時期の祝祭定式を形成する要素は、一五世紀初めの共和制下のフィレンツェにおいて既に見られたという。[151]したがって、祝祭文化自体をバロック時代に特有の現象であると見なすことはできない。

だが、バロックにおける宮廷祝祭が、その時代特有の「役割」を有していたことは事実であり、これが本論にとっては重要である。宮廷祝祭における君主の存在感の増大は、封建制から絶対王政への統治システムの転換に平行する現象である。シモンは、王を神聖化する祝祭の起源をアレキサンダー大王にまで遡って説明する。彼によれば、大王が君主の神聖化のためにペルシア王室の装束を採用したことが、ビザンチン皇室の祝祭伝統を経由しヨーロッパの宮廷に伝えられた。君主の纏う重厚な装束が、世界の重みを背負う王の連想を生み、民衆の罪を引き受ける身代わりの山羊というキリスト教的モチーフ

［148］種村季弘「ヴァレンティン・アンドレーエと薔薇十字団」〔ヨーハン・V・アンドレーエ『化学の結婚』種村季弘訳・解説、紀伊国屋書店、二〇〇二年、三三一頁。
［149］Andrae, J. V.: Chymische Hochzeit. Christian Rosenkreutz Anno 1459. Nach der zu Straßburg bei Lazzari Zetzners seel. Erben im Jahre 1616 erschienenen Ausgabe originalgetreu neugedruckt, eingeleitet und herausgegeben von Dr. med. Ferdinand Maack. Berlin 1913.〔ヨーハン・V・アンドレーエ、前掲書、三一一八三頁所収〕
［150］Strong, R.: Art and power. Renaissance festival, 1450-1650. Woodbridge/Suffolk 1984, S. 4.〔ロイ・ストロング『ルネサンスの祝祭　王権と芸術　上』星和彦訳、平凡社、一九八七年、一五頁〕
［151］Strong, a. a. O., S. 5f.〔ロイ・ストロング、前掲書、一八頁〕

もこれに寄与した。とりわけ戴冠式の祝祭は、王を神聖化する最大の儀式となる。シモンは、王の祝祭の役割を次のように述べる。「太陽が太陽系システムを造るように、王は共同体のシステムを造る。〔……〕王の祝祭は都市の時空に、君主を要とする社会秩序の表象、小宇宙と大宇宙の対応に基づく位階性の表象を書き込む。首尾一貫する同じ表象が、個人から社会集団へ、そして都市へ、王国へ、宇宙へと広がる。この祝祭は王の実在を公開して、社会の絆を強化し、集団生活を再生し、繁栄と幸福を確保しようとするものである。[152]」つまり、宮廷祝祭は王の不可侵性を示すと同時に、社会秩序の安定と維持にとって欠かせない儀式となったのである。

アポストリデス[153]によれば、バロックの祝祭は、政治システムを封建制から絶対王政へと切り替えるための一種の強制的手段である。つまり、他の諸貴族に王権の絶対的優位を印象づけるための行事と言い換えてもよい。フランスの場合、ルイ一四世がまだ政治的業績に乏しかった一六六二年の騎馬パレードでは、それ自体としては関連性のない古代ローマ時代の題材を行事に織り込むことで、王権の絶対性を演出した。一六六〇年代の景気回復や行政機構の安定化を通じて政治的業績が目に見えるようになった一六六〇年代末には、王の権威もおのずから高まる。それにともない、それまでの古典古代との同一化が不要となり、現在のルイ一四世の治世を比類のない最高君主と見なして称揚する演出へと方向が変わる。古代モチーフからの脱却が見られる祝祭の例は、一六六八年の「魔法の島の悦楽」である。そこで催された劇『狂乱のオルランド』には、ルイ一四世本人も俳優として参加した。[154]ドイツ語圏にも同様の例が見られる。一六六六年から一六六八年にかけて行われた神聖ローマ皇帝レオポルト一世の結婚に際しての祝祭である。一六六七年一月二四日に行われた「馬の大バレエ」には、レオポルト一世本人が出場している。[155] 一六六八年上演のオペラ「金の林檎」では、劇の最後に、過去のオーストリアの支配者の

〔152〕Simon, A.: Les signes et les songes. Essai sur le théâtre et la fête. Paris 1976, S. 203.〔A・シモン『記号と夢想』岩瀬孝監修・佐藤実枝他訳、法政大学出版会、一九九〇年、二六八頁〕

〔153〕Apostridés, J-M.: Le roi-machine. Spectacle et politique au temps de Louis XIV. Paris 1981.〔J - M・アポストリデス『機械としての王』水林章訳、みすず書房、一九九六年〕

〔154〕バロック期の、自ら舞台に立ち演技する王の登場、ならびにその政治的効用については、清水も劇場論の観点から以下のように指摘する。「古典的な劇場形式を、バロック劇場へと変容させたもうひとつの力は、王侯の絶対権力への強い指向である。国家の統一或いは諸権力の主従関係の明確化が進行するに従い、拡大する都市機能、国家機能或いはそれを支える官僚機構を超越するカリスマ的支配力を強化しようとする王侯は、神話的宇宙幻想の具象化作用を持つ劇空間を巧みに使用し、演じる神への自己投影を通し、支配する神との同化を目論んだのである。特にこの傾向はフランスにおいて著しく展開した。既に、われわれは一五八一年にルーブルで行われたコミックバレエの様子を観察したが、そこには次の特徴が見られた。……第二の特徴は、王自らが演技者として、上演に積極的にかかわっているという点である。」清水裕之『劇場の構図』鹿島出版会、一九八五年、一五〇頁。

〔155〕「馬のバレエ」は、「四時間を越えるものになった。レーオポルトが『余はこのようなものは見たことがない』と主張したのも当然であった。彼は感激と熱意をもってこの試演と上演に参加した。」Alewyn/Sälzle, a. a. O., S. 106.〔アレヴィン／ゼルツレ、前掲書、一五二頁〕

騎馬像と並んで、月桂冠を戴き王笏を持つレオポルト一世の立像も飾られていた。[156]
アポストリデスの宮廷祝祭論、およびルイ一四世やレオポルト一世の例から、次のように言うことができる。王が祝祭を主催し始めた当初、王は自らの権威を強調するために古典古代の神話や英雄との恣意的な関連づけを必要とした。しかし、絶対王政が確立される一七世紀後半になると、こうした引用は不要となり、現実に統治している王自らが、その身体を通じて、祝祭における権威の演出を体現するようになるということである。

四．謝肉祭の仮装舞踏会――『ファウスト』第二部の中の祝祭

四．一．歪曲された古典古代の女神たち

仮装舞踏会の場面に登場する人物を仔細に検討すると、バロック的祝祭との関連が指摘できる。最初に登場するのは、花売り娘たち、母娘、プルチネッラ、食客、酔客のような人物たちである。彼らは、陽気な謝肉祭の雰囲気をこれから満喫しようとしている素朴な人物群像にすぎないように見える。もちろん彼らは、神聖ローマ帝国の民として登場しているが、もともとはイタリアのカーニバルの定番キャラクターであり、行列の開始から早速ローマ的なものへと誘いかけている。

次に登場するのは、古代ギリシア・ローマ神話の神々である。優美の三女神、運命の三女神、そして復讐の三女神である。優美の三女神の発言が極めて短いのに対して、運命の三女神と復讐の三女神の方が存在感がある。運命の三女神の各々の発言から、本論の考察に関連する箇所を抜粋してみたい。

アトロポス

最年長の私が、糸を紡ぐ役目を仰せつかって、
このたび招かれました。
考慮し、熟慮せねばなりませんよ、
生命の糸はか細いのですから。

[156] オペラ「金の林檎」は、筋書きも王権に完全に寄り添った内容になっている。「トロヤの王子パリスが、自分が最も美しいと主張して譲らない三人の女神の審判役を委任されるという、ギリシァ神話の有名な物語をもとにしたこのオペラでは、美女ヘレーナの提供を申し出たアフロディーテ（ヴィーナス）に、パリスが勝者のしるしの林檎を渡すはずのところへ、突如登場したゼウス（ジュピター）がそれを取りあげ、新しく女帝の地位につくマルガレータに渡すという設定になっていた。」丸本隆編『オペラの一八世紀』彩流社、二〇〇三年、一二一―一二三頁。

あなたがたの生命の糸がしなやかで柔らかくなるよう、
私は極上の亜麻糸を上手に選り分けておきました。
糸が均等に同じ太さですらりとするように、
この賢い指で糸を滑らかにしてあげましょう。（五三〇五―五三一二行）

クロト

私ですらも若気の至りで、これまでにもう
何度となく失敗したこともありました。
今日はおとなしくしておきたいので、
鋏は鞘におさめてあります。

こうして私はすすんで身動きが取れないでおりますから、
やさしくこの場にまなざしを送ります。
あなたがたは、この自由な時間を、
浮かれて過ごしていくだけでよいのです。（五三二五―五三三二行）

ラケシス
私だけが分別を持っていますから、
秩序を割り振っていられるのです。
私の糸車は、絶えず動いていますが、
まだ早まった真似をしたことはありません。

糸は次々やってきて、どんどん巻かれていきますが、
どの糸にも私はそれぞれの行き先へと導いてやります、
どの糸も迷子にはしませんよ、
さあみんな、糸車の中に巻きつきなさい。（五三三三―五三三六行）

糸紡ぎのアトロポスが「生命の糸はか細いのですから」と生命の大切さを説き、糸を切る役のクロトは鋏を鞘に収めて、カーニバルに浮かれる人びとの命を見守るだけにとどまる。運命の三女神の役割は、本来ならばアトロポスが糸を断ち切り、クロトが糸を紡ぐ役目である。だが、ここでは両者の役目が入れ替わっている。[157] ラケシスは、糸車が運命の糸を安定した調子で巻き取る様子を語り、帝国の安泰な運命を連想させる。特に運命の終わりを決めるクロトが、「すすんで身動きが取れ」ず、鋏を鞘にしまっている姿で描写されていることは、帝国にとってきわめて都合のよい「運命の女神像」を演出して

いることになる。このカーニバルの主催者である帝国が、運命をつかさどる女神たちまでをも制御下に置いているかのようである。

その次に登場する復讐の三女神も、帝国に都合の良い形に演出されている。実際、この恐ろしい女神たちは、一見人間の男女の恋愛に嫉妬して悪戯心を起こしているに過ぎないように見える。

アレクトー

だから私たちは花嫁を悩ます術を知っているの。
あなたの旦那がついこのあいだ、
あなたの陰口をあの娘に言ってたって教えてやります。
仲直りしようったって、そうはいかないんだから。（五三六五―五三六八行）

メガイラ

これだけがお楽しみですの！　人間たちがようやく結婚したら、
私はとにかくすぐ始めるの、
最も素晴らしい幸せを気まぐれでもって苦くすることをね。
人間ったら移り気なものだし、時間だって変わるもの。（五三六九―五三七二行）

ティジフォーネ

裏切り者には、悪口の代わりに毒を混ぜて、
短剣の刃先を研いでやるの。
遅かれ早かれ、あなたが他の娘と恋に落ちたら、
罪はあなたを押し潰すのよ。（五三八一―五三八四行）

帝国は、平和で優美な世界をもたらさなくてはならない。だから帝国とその指導者である皇帝の運命を脅かすのは、嫉妬や憎悪、復讐といった悪意の感情である。復讐の女神はまさにこれらの感情を象徴するのだが、この場面では、例えば帝国が国内外からの悪意によって没落するといった悲痛な運命では

［157］アトロポスとクロトの役割交代をゲーテが意図したのかどうかは、不明である。邦訳『ゲーテ全集』第三巻による注では、「人間の運命を司り、本来は最年少のクロートーが運命の意図［sic］を紡ぎ真ん中のラケシスがそれを人間に与え、最年長のアトロポスがそれを鋏で断ち切るのだが、ゲーテは故意にその役割を替えて、アトロポスが糸紡ぎ（出発）、クロートーが鋏をゆだねられ、ラケシスは運命の糸に秩序を与える役まわりとなっている。」（四三六頁）と説明されている。フランクフルト版による注は、陽気なカーニバルの雰囲気に合わせるために、死を連想させる本来のパルカエたちとは設定を変えていると推測しているに過ぎない。FA, I. Abt., Bd. 7/2, S. 439.

なく、明朗なカーニバルの雰囲気に沿うように、恋愛と結婚における移り気の罪だけが描かれている。『ファウスト』のこの条り[158]で注目すべきことは、古代ギリシア・ローマの女神たちが仮装行列の登場人物として使われていることである。既に述べたように、ルイ一四世の初期の祝祭においては、権威の正当化のために古典古代からの引用がなされた。[159]それに倣うように、ここでも古代神話のモチーフが帝国の政治的発展にとって都合良く変形して使われているのである。

四.二.アレゴリー的人物たちの登場

四.二.一.「国家権力」を示す象と女神に扮した四人の女性の一団

前節で指摘した変形は、古代神話の女神たちの次に登場するアレゴリー的人物にも見られる。「国家権力」のアレゴリーとして登場する象は、四人の女性を付き従えている。彼女らは、「恐れ」、「希望」、「知恵」、「勝利」をそれぞれに表すアレゴリー的人物である。「恐れ」と「希望」の後に、「知恵」が次のように述べる。

知恵

人間にとっての二つの最大の敵、
恐れと希望を、こうして鎖につないで、

人びとから私が遠ざけておきましょう。
場所を空けて！　あぶないから。

生き生きとしたこの巨大な生き物を、
私が導きます。御覧なさい、尖塔を掲げながら
この生き物は、たゆまずに一歩ずつ、
険しい道を歩んでいきます。（五四四一―五四四八行）

「知恵」は、「国家権力」のアレゴリーである象を「生き生きとしたこの巨大な生き物」と呼ぶ。彼女は、先に登場した「恐れ」と「希望」を為政者の敵として克服することを念頭に置くかのようにして、

［158］仮装行列の場面には、古代的意匠の神々だけでなく、ドイツ風の人物たちも登場する。しかし、彼らはト書きの中に封じ込められており、場面の前面に立って発言する機会を与えられていない。発言しているのは、カーニバルの雰囲気に適した諷刺家だけである。

［159］Apostridés, a. a. O., S. 66f.〔アポストリデス、前掲書、八〇頁以降〕ルイ一四世の王権後期になると、彼が対外戦争の実績を積むにしたがって古典古代のモチーフは王権正当化のための神話的歴史における中心的な位置を失っていった。

象の上に乗り制御する。つまり、彼女が国家を運営し、「険しい道」を歩みつつも、最後には「勝利」へと導いていくことを、この象と四人の女性の一団が表している。この後、メフィストーフェレス扮する「ゾイロスとテルジーテスの顔を持つ男」が登場し、「知恵」や「勝利」を非難するが、司会が彼を「有難い杖」で打ち、舞台から退かせる。

司会

このごろつきめ、これでも食らえ、
この有難い杖の見事な一撃を！
そうら、さっさとのたうちまわれ！――
二人の小人の姿が
あっという間に感じの悪い塊に丸まっていくぞ！――
――なんと不思議なことだ！――塊が卵になり、
卵が膨らんで、二つに弾けたぞ。
双子が転がり出てきたぞ、
蝮と蝙蝠だ。
片方は地べたを這いずり、
もう片方は暗い天井へと飛んでいった。

急いで逃げて、外で一緒になるつもりだな。
あんなのと同類にはなりたくないね。（五四七一―五四八三行）

帝国を象徴する「国家権力」の山車は、司会の一撃でもって「ゾイロスとテルジーテスの顔を持つ男」が象徴する外部からの妬みをはね返し、その勢いは衰えを見せないかのようである。この一連の場面は、パルカエたちやフーリエたちの場面と同様、帝国および皇帝にとって政治上の展望を明るく見せるための演出である。言い換えれば、仮装舞踏会の演出を通じて、実際の統治状況の悪化が隠蔽され、国家経営が順調に進んでいるかのような幻想が人びとに与えられていることを、この場面は示している。

四．二．二．少年御者とプルートゥス

アレゴリー的人物たちの次に登場するのは、少年御者と、ファウストが扮するプルートゥスである。[160]前者は「詩と浪費」を、後者は「富」を表す。富こそは、司会が「気高い皇帝様がご所望だ（五五七一

[160] 宮廷において失踪した道化の後任にメフィストーフェレスが座り込んだように、仮装行列においてファウストは帝国が最も渇望するものを補う役目を担って登場する。Vgl. Lohmeyer, D.:Faust und die Welt: der 2. Teil der Dichtung. München 1975, S. 91.

行)」と言うように、財政難にあえぐ帝国と皇帝が渇望しているものである。次の司会の言葉は、プルートゥスの役目を端的に言い表す。

司会

彼は富貴で柔和な王のように見えますね。
彼の恩寵を手に入れる者は、幸せ者です。(五五五四―五五五五行)

プルートゥスが物質的な豊かさを表す一方、少年御者は精神的な豊かさを意味している。

少年御者

ぼくは浪費、詩です。
ぼくは詩人であり、ぼくの仕事が成就するのは、
ぼく自身の財を消費するときなのです。
ぼくは計り知れないほど裕福でもありますから、
自分のことをプルートゥスと同列と思っています。
だから、プルートゥスの舞踏会と饗宴を活気づけて、飾りつけをします。
プルートゥスに足りないものがあれば、ぼくがそれを付け加えるのです。(五五七三―五五七九行)

詩人であることが精神的に豊かであることと仮定すれば、この営為は物質的財産とは異なる無尽蔵の豊かさを暗示すると考えられる。それゆえ、詩と浪費のアレゴリーである少年御者は、自分は「計り知れないほど裕福」であると述べている。さらに次の言葉において、彼の豊かさの根拠が説明される。

少年御者　（人びとに向かって。）
　さあ御覧なさい、ぼくの手から最高の贈り物を
あたり一面にお送りしましたよ。
誰彼の頭の上に燃えるのは、
小さな詩的霊感の炎です。ぼくが吹きかけておきました。
この炎は、ある人から別の人へと飛び回り、
こちらの人には留まり、あちらの人からはするりと抜け出すといった次第でして、
うまく燃え上がることはなかなかそう簡単にいきませんし、
ほんの短い盛りのときに光っては消え急ぐのです。
にもかかわらず、そうと気づかないうちに、大勢の人びとのもとから
その炎は消え去って、悲しくも尽きてしまいます。（五六三〇—五六三九行）

詩的霊感はなかなか人間の頭の中で安定しないがゆえに、それだけ一層貴重な財産であると述べられている。「お前は私自身よりも豊かだ（五六二五行）」として、物質的豊かさにはない利点をプルートゥスも認めているが、一方で、少年御者のことを「お前は私の精神の一つ（五六二三行）」とも呼び、精神的豊かさは物質的なそれの一部であると言う。プルートゥスは、少年御者が象徴する精神的豊かさの美点を認めつつも、それが物質的豊かさと表裏一体の関係にあることを指摘しているのである。ところでこの両者について、帝国と皇帝の視点から見てどちらが優先されるのかと言えば、現実に抱えている政治上の問題ゆえに、物質的な豊かさが優先されることは明らかである。このような為政者側の意向を反映させるかのように、プルートゥスは少年御者をカーニバルの場から放逐し、自らがその場に居残る。

プルートゥス（少年御者に向かって。）
さあ、これでお前を重荷から解放してやろう。
お前はもう自由になるのだ、さあ、お前の領分へ戻るが良い。
〔……〕
孤独の世界へ！――そこでお前の世界を作るが良い。（五六八九―五六九六行）

プルートゥスは、錬金術を用いて煮えたぎる黄金を現出させる。それを目の当たりにした人びとは物欲を刺激され、豊かに湧き出し続ける黄金に歓喜の声を上げる。この壮大な演出は、物質的な豊かさもまた、少年御者の精神的豊かさと同様、尽きることがないことを誇示している。この場面は、帝国と皇帝が密かに抱いている新紙幣への期待と信頼を反映すると同時に、一時的な金銭的豊かさに幻惑され狂喜する人びとすべての愚かさをも暗示している。

四．三．古典古代と自国文化の意匠の混在、王の直接参加

仮装舞踏会の最後に登場するのは、皇帝扮するパンの神を中心とする一団である。

雑踏と歌

荒々しい軍勢が、いっせいに
山頂と森の谷間からやって来て、
何にも止められない勢いで進んでくる。
彼らは自分たちの偉大なパンの神を祝う。
彼らは、誰も知らないことを知っている、
そして、空になった円形の空間に押し入ってくる。（五八〇一―五八〇六行）

最後に登場するこの一団は、奇妙な側面を持つ。「荒々しい軍勢」の中心に立つパンの神はギリシア神話の神であるが、その周囲には、ファウヌスやサテュロスなど古代ギリシア・ローマのデーモンたちに加えて、グノームたちや巨人たちのような、ドイツの民間信仰のデーモンたちも混じっている。

このパフォーマンスには、バロック的[161]祝祭に特徴的なふたつの点が認められる。まず第一点は、王本人が祝祭そのものに登場人物の一人として参加していることである。バロックの祝祭では、一国の全権力が王の一身に集中することを演出するために、王が馬術を披露したり、俳優として劇に登場したりすることがある。[162]第二点は、特に目覚しい政治的業績を挙げた王の祝祭に見られるのだが、祝祭を彩るテーマに自国の意匠、この場合で言えばドイツの民間信仰に依拠した出し物が加えられることである。[163]これらの二点が示すのは、王の統治がその威勢においても規模においても最高潮にあることを印象づけようとする意図である。

ところで、第二部第一幕の仮装舞踏会に次々と登場する古代ギリシア・ローマの女神たちからパンの神の一団に至る流れを全体として見ると、帝国の国勢が段階を追って安定を獲得する経過が、帝国に都合のよい形で演出されていることがわかる。優美の三女神や運命の三女神、復讐の三女神は、帝国の脆弱な基盤を守護し、その安泰を見守る。国家権力を表す象をはじめとするアレゴリー的人物たちは、帝国の安定した統治を表現する。少年御者と富の神プルートゥスは、物質的豊かさを優先する帝国の意向を反映し、帝国が無限の富を有する様を演出する。皇帝本人が扮するパンの神とその一団が登場する段になると、帝国統治が盤石のものとなったことを表現するため、自国文化の意匠が導入される。この段階になると、古典古代の権威に依拠する必要性が薄れ、神話的モチーフも用いられ続けるのではあるが、それは単なる慣習でしかなくなる。自国の意匠の最高のもの、すなわち国王自身が、パンの神として祝祭の中に直接登場するのである。

〔161〕パンの神を登場させること自体が「バロック的」と捉えるドールスのような見解もあるだろう。「バロックは、文化の自然のままの言語であり、文化がそれを通じて自然の動作行動を模倣するのである。バロックは、常にその本質に何か田園的、異教的、農民的なものを持っている。真にバロック的な創造では、常に、農村の神であり自然の神であるパーンがそれを支配しているのである。」D'Ors, E.: Du Baroque. Version française de Mme Agathe Rouart-Valéry. Paris 1983, S. 101.〔E・ドールス『バロック論』神吉敬三訳、美術出版社、一九九一年、一一四頁〕

〔162〕Apostridés, a. a. O., S. 59.〔アポストリデス、前掲書、七一頁〕「バレエは国家《ナシオン》にとってもっとも大切な活動のひとつであった。バレエというスペクタクルを準備することによって、三つの身分の特権者たちは、同じひとつの美的センスを共有する集団を形成しているということを自覚したのである。君主みずからも、俳優が『舞台に出る se produire』のと同じように、スペクタクルに『出演』した。」

〔163〕Apostridés, a. a. O., S. 118.〔アポストリデス、前掲書、一五〇―一五一頁〕「『近代』を選択することによって、国家《ナシオン》は知的興味の対象を同時代の地理的空間に拡げると同時に、過去を新たに位置づける作業をおこなった。〔……〕近代派の登場によって、過去との関係は神話史的枠組みから完全に離脱しはしないものの、逆転したといえるだろう。かつてはローマ皇帝アウグスティヌスが国王ルイを支えていたわけだが、いまやクローヴィスが太陽王の姿を取って現れたのである。」

ニンフたちの合唱 （彼女らは、偉大なパンの神を取り囲む。）

世界の万物は、
偉大なパンの神の中に
存在しています。
〔……〕
青い丸天井の空の下、
パンの神は堅忍不抜に振舞っておられます。（五八七三―五八八一行）

バロックの祝祭にも見られたように、この仮装舞踏会場面においても、古典古代の神々の意匠を借りる段階から、自国文化の意匠を織り交ぜて演出する段階に至るまでの変遷が見られる。この場面では、帝国が政治的および財政的安定へと登り詰めてゆく過程が表現されている。最後に登場したパンの神への賞賛が、仮装舞踏会場面の最大の山場として設計されていることからも、それを読み取ることができる。[164]

五．祝祭の裏の厳しい現実

皇帝扮する「パンの神」は、グノームたちの代表に連れられて、焔を上げて煮えたぎる黄金を不用心に覗き込み、炎の中に付け髭を落とす。やがて、皇帝の顔に炎が燃え移り、それが引き金となって仮装舞踏会が行われていた宮廷内の広間が火災に見舞われる。仮装舞踏会最大の山場は、あっと言う間に惨事の現場へと転じ、皇帝を賞賛する祝祭は実質的に中断を余儀なくされる。

帝国および皇帝の財政難解消と権力誇示を演出した祝祭が、火災というアクシデントによって無様に中断されてしまうのである。この中断により、帝国は現実に引き戻される。この一連の流れが、帝国にとっての最大の悩みの種、すなわち財政危機の現実を再び露呈させる。この点からも、仮装舞踏会場面は、二重の意味でバロックの「自己確認」的性格を示していると言える。まず第一に、祝祭の虚飾性がバロックの体質そのものをあらわしているという点が指摘できる。権威であれ財力であれ、実際には確実な根拠がないところに、作為的な象徴を強引に持ち込むことで自らの優位を誇示し印象付けようとするのが、バロック的祝祭の特徴である。仮装舞踏会場面の場合、忘れられていた埋蔵金が見つかり、それが無限に財貨を湧き出す泉であるかのように喧伝されるところに、その典型を見ることができる。権

［164］ローマイヤーによれば、「富に直面する皇帝は、実現の最高段階の可能性、すなわち富の実現の可能性を意味する。要するに、財宝をパンへ捧げることで仮装行列はその目的に近づいて行く。」つまり、パンの神に扮する皇帝が、仮装行列の終着点に据えられている。この終着点は、仮装行列が最高潮を迎える点とも言い換えられる。Lohmeyer, a. a. O., S. 105.

威は、結局物質的豊かさによって裏付けられなければならない。皇帝と帝国の威信を救い出すのは、まさにこの「金」の幻想にほかならない。自国のゲルマン的意匠を織り交ぜた出し物によって、古典古代を凌駕した豊かな皇帝の治世が印象づけられるが、この賞賛も、とどのつまりは帝国の富を強引に自己確認しようとする虚飾の演出に過ぎない。

そして第二に、この空虚さの背後にある現実を陰画の形で浮かび上がらせることも、バロック的「自己確認」の重要な効果である。プルートゥスが演出した「豊かに湧き立つ黄金」は、外見上は無限の富を誇示しているように見えるが、実際は帝国の財政危機を払拭したいという願望の投影に過ぎず、その虚飾性は最後の火事によって容赦なく暴かれる。第一幕で描かれる祝祭は、外見上はバロックの宮廷祝祭のスタイルを採っているが、内実はもはや一七世紀の王たちの祝祭とは異なっている。権力誇示としての自己確認行為を試みてはいるものの、宮廷祝祭としては成功していない[165]。祝祭の華麗さが、かえってこの場合には、帝国が抱える厳しい現実を炙り出す役割を演じている。確かにこのことは、第一幕の仮装舞踏会場面が、誇大演出による身分や権威の「自己確認」を可能にした一七世紀的祝祭の効果を持ちえなかったことを意味する。しかし、このように一七世紀的祝祭がパロディ化されることで、言わばメタレヴェルの「自己確認」がもたらされると見ることができる。ゲーテは、誇大妄想によって糊塗できない現実がお祭り騒ぎの背後で動き続けていることを、バロック的「自己確認」の破綻そのものによって「自己確認」させるのである。その背後にあるのは、一七世紀ではなく、自分が生きている時代の現実への眼差しである。

六．時代の実相把握としての祝祭モチーフ

第二部第一幕の仮装舞踏会は、人びとの信頼を失い弱体化した王権を、絶大な信頼を得るに値する王権へと転換しようとして失敗する「錬金術」的祝祭を示している。非金属を貴金属へ変容させようとす

〔165〕一八世紀における宮廷祝祭は、王侯が自らの役割を必死に演出していたバロック期のそれと比較して、形骸化を見せていた。スタロビンスキーは次のように説明する。「宮廷人たちが、念入りに造型された音楽と舞踊の仕上げをほどこされた登場人物に扮して舞台にのぼった、あの整然と合成された祭りから、十八世紀初頭にはどれだけのものが残っていただろう。まことに些かなものにすぎない。王侯の祭典は、もうほとんど劇的で魔術的な荘厳さをもたない。それはもはや内的整合性に従わず、参加者はもう念の入った遊戯の演技者になる必要はない。舞踏会、晩餐会、観劇会が彼らを漫然と集わせ、浮きうきする舞台装置のなかで享楽の対象をつぎつぎにつくり出す。仮面や微行《おしのび》や男装のはいり込む余地がまだあるにしても、その主たる目的は演じることではなく、見られずに忍び歩き、探りをいれ、身を隠しながらもそれとなく察知されることである。仮装は飾りであり、誘惑したり近づいたり逃げをうったりする道具であって、演ずべき役ではない。快楽追求に明け暮れる社会集団の生活において宴は、技巧をこらし費用をかけることで、迂遠な手段にたよらず、ほとんど障害すらなく、彼ら彼女らの『お目あての情熱』に身をゆだねうる正念場とみなされた。」Starobinski, J.: L'invention de la liberté 1700-1789. Genève 1987, S. 85.〔ジャン・スタロビンスキー『自由の創出――十八世紀の芸術と思想――』小西嘉幸訳、白水社、一九八二年、九四頁〕

ることが錬金術だとすれば、それと同様の転換作業を、この宮廷祝祭は試みている。この祝祭は、数々のアレゴリー的人物たちをふんだんに配し、秘術めかして観る者を幻惑することで、理想の王権を再生しようとする。しかし皇帝自らの不用心から火災が起き、祭りは中断を余儀なくされる。これによって、かえって王権の不甲斐なさが露呈する。さらに、その後のヘレナとパリスの登場も、宮廷と王権の脆さを浮き立たせる。ヘレナとパリスは、時間の経過を越えてもなお、人びとに語り継がれる永続性を持つからである。[166] こうして、ファウストとメフィストーフェレスが乗り込んだ宮廷世界の脆さは、ゲーテが生きた一八世紀末前後の世紀転換期の雰囲気と絶妙に重なり合ってくる。

つまりゲーテは、第二部第一幕で、目まぐるしく変わる自身の時代を考察する手だての一つとして、これらのバロックの宮廷祝祭のモチーフを利用した。絶対王政を肯定する手段であった祝祭を劇中で戯画化することで、むしろ絶対王政の制度疲労と瓦解の必然性を描き出す。彼は、時代遅れのバロック的祝祭それ自体を積極的に評価しているのではなく、「無意味な愚かしさの中にあって、人生の最も重要な場面に対し注意を向けさせ[167]」る好個の表現方法として、つまり新旧政治体制の交代という一八世紀末の転換期の実相を読者に把握させるために、バロック的「祝祭」の効果を利用したのである。

〔166〕ビンスヴァンガーは、『ファウスト』を無常性の克服のドラマとして見なしている。彼によれば、『ファウスト』では過去・現在・未来の三点から無常性を乗り越える試みが表現され、そのうちの「現在」の切り口での無常性の克服は、ヘレナの幕で描かれる。ヘレナと芸術の接点について、ビンスヴァンガーは次のように述べる。「芸術作品のそれぞれの対象について妥当することはヘレナについて妥当する。つまり芸術作品の対象は老化しない。芸術作品の場合は、その対象はその時代から取り出されて、いつの時代でも、芸術作品を鑑賞する人のその鑑賞を通じて、新たにその鑑賞者の時代の中へ持ち込むことができるわけである。〔……〕もし芸術家が芸術の対象を、それが現在の瞬間・時点に見られるように形造ることができるなら、その芸術家は時を征服したことにもなる。〔……〕したがって、不滅のための芸術の道は現在の門を通り抜けて走っているのである。〔……〕芸術的形式によって瞬間を現在のものとすることがファウストとヘレナの対話の中心にもなっており、そしてこの対話がこれまた同様に『ヘレナ』の幕の中心ともなっている。」Binswanger, a. a. O., S. 113-116.〔ビンスヴァンガー、前掲書、一二〇—一二三頁〕

〔167〕FA, I. Abt., Bd. 15, S. 551.

第六章

第二部第四幕における　アレクサンドリーナー詩型場面

一．根底から問われる帝国の「秩序」

『ファウスト』第二部第二幕から第三幕にかけて、古代ギリシア世界を中心に渡り歩いてきたファウストは、第四幕で再び第一幕の舞台である神聖ローマ帝国に戻る。ヘレナと彼女との間に生まれた息子オイフォーリオンとの別離の後、高い岩山の頂に到着した彼は、偉業を成すことへのさらなる意欲の高まりを、次のように語る。

ファウスト

この地上には、
偉業を成す余地がまだあるのだ。
驚くべきことをやってやろうとして
精励に向かう力を、私はこの身に感じるのだ。（一〇一八一―一〇一八四行）

「行為こそすべて（一〇一八八行）」と標榜するファウストは、次なる目標を海の征服、すなわち干拓事業に据える。しかし、これには横槍が入る。メフィストーフェレスが、ギリシアからの帰途、第一幕で二人が関わった例の皇帝が、再び苦境に陥っていることを聞きつけ、それをファウストに告げ知らせるのである。第一幕での新紙幣発行以来、それが偽物の富であるにもかかわらず、皇帝は予想以上の豊かさを手に入れることとなった。しかし皇帝が享楽におぼれ統治をないがしろにしたため、帝国内は無政府状態に陥ってしまう。そこでファウストは、再びメフィストーフェレスと共に皇帝を支援して内乱を収拾し、その報償として干拓事業のできる土地を所望しようと考えるに至る。

本章では、皇帝の政治上の無策による内乱状態を第四幕の分析の端緒に据えたいのだが、ここで言う内乱とは人間社会における「秩序（Ordo）」の欠落であり、この「秩序」こそは、バロックにおけるきわめて重要なモチーフのひとつである。第一幕と同様第四幕でも、皇帝はその存在価値を根底から揺るがされている。そのあり様は、人間が必要とする社会的「秩序」とは何であるかを、根本から問い直させるものである。本章では、「秩序」を主な手がかりにしながら、第二部第四幕、特にその最後に位置するアレクサンドリーナー詩型を用いた場面（以下、「アレクサンドリーナー詩型場面」と称する）を中心に、『ファウスト』第二部第四幕でバロック的モチーフがどのように使われているかを具体的にたどってみたい。

ところでアレクサンドリーナー詩型とは、バロック期において、ドイツ語に最適の韻律として詩や悲劇の中で頻繁に使用された形式である。この形式の使用は、モチーフとしての「宮廷」や「秩序」とも大いに関連を有している。ゲーテとアレクサンドリーナー詩型との関係について言えば、『ゲッツ・フォン・ベルリッヒンゲン』（一七七三年）や『若きヴェルターの悩み』（一七七四年）でその名を知られる以前の時期、すなわち幼少期の詩の習作[168]や、『いとしい方はむずかり屋』（一七六七年）、『同罪者』（第二

［168］ Goethe, J. W.: Bei dem erfreulichen Anbruche des 1757. Jahres wollte seinen hochgeehrtesten und herzlichgeliebten Großeltern die Gesinnungen kindlicher Hochachtung und Liebe durch folgende Segenwünsche zu erkennen geben deroselben treugehorsamster Enkel Johann Wolfgang Goethe.; Bei diesem neuen Jahreswechsel überreicht seinen verehrungswürdigen Großeltern dieses Opfer aus kindlicher Hochachtung Joh. Wolfg. Goethe den 1. Jenner 1762. In: FA, I.Abt., Bd. 1, S. 15f.

版、一七六九年）などの戯曲において、この形式を使用していたことが知られている。しかしシュトゥルム・ウント・ドラング期においては、その文学的思潮にそぐわないことから、アレクサンドリーナー詩型はほとんど使われなくなった。これはバロック期からシュトゥルム・ウント・ドラング期以前の一八世紀初頭、例えばゴットシェートやアナクレオン派に至るまでに愛好されていた詩型であり、シュトゥルム・ウント・ドラング期の詩人たちが敵対視していた時代そのものを象徴する形式であったと言ってよい。ゲーテ自身、シュトゥルム・ウント・ドラング期よりだいぶ後になっても、こうした考えを抱いていたらしい。それは『ヴィルヘルム・マイスターの修業時代』（一七九五―一七九六年）の中で、アレクサンドリーナー詩型を「退屈な一本調子」で「ばかげた抑揚とひびき」[169]を持つものと貶めていることからもわかる。

それにもかかわらず、『ファウスト』第二部第四幕の末尾に至って、若い時期以来ほとんど使わなかったアレクサンドリーナー詩型を、ゲーテは復活させている。この場面は、『ファウスト』全体の中でも最後に執筆された場面であり、そこにあえて、一八三〇年代には既にきわめて古風に見えたであろうこのバロック的な詩型を使った背景には、それなりの動機があるものと考えられる。以下の各節では、第四幕の分析に入る前に、まずバロック文学における「秩序」のモチーフについて、それを維持する装置である「宮廷」と関連づけながら概観し、本分析の観点を提示する。その後で第四幕の「高山」、「前面の山上」、「対立皇帝の天幕」の各場面の分析を試みる。

二．バロック文学における「秩序」と「宮廷」

バロック文学、特に悲劇では、「秩序」が悲劇という筋立てそのものを下支えする。オーピッツにより、「悲劇」は宮廷を舞台とし、王侯の没落とその悲惨を描くジャンルと定義づけられるが[170]、それはそもそも王を頂点とする絶対主義的な階層秩序がなければ、「没落」という設定そのものが不可能だからである。オーピッツはさらに、悲劇での韻律に必ずアレクサンドリーナー詩型を用いることを義務づけた。荘重な印象を醸し出す形式であり、格調高い宮廷の場面を表現するのに最適と考えられたからであった。悲劇の諸作品において、主人公である王侯に味方する者たちは、彼らの主君の没落と悲運を歎き悲しむ。そして、社会の頂点に立つ主人公たちが没落する引き金となった反乱や宮廷内の陰謀は、世界の秩序を攪乱する「許容されざるもの」として非難され、大きな衝撃をもって受けとめられる。

　こうした演劇的効果が見込める背景には、もちろん現実においても「秩序」の安定を最重要視する世界観が支配的であったという事実がある。一一三頁でも述べたように、トゥルンツによれば、一六〇〇年前後のドイツにおいては、あらゆる階層の人びとの思考の根底に「秩序（Ordo）」の観念が存在して

〔169〕FA, 1. Abt., Bd. 9, S. 636.〔『ゲーテ全集』第七巻、二三五頁〕
〔170〕Opitz, M.:Buch von der Deutschen Poeterey. (1624) Hg.v. Herbert Jaumann. Stuttgart 2002, S. 30.

いた。「生活のあらゆる領域がひとつの偉大な、神の御心に適った秩序を示していた」[171]のである。バロックの前段階である一六世紀からバロック期の一七世紀にかけて、この思想は人間生活の根幹を成していたと言っても過言ではない。神が創造した万物の階層は、農民から都市市民、貴族、王侯に至るまでの社会的階層身分として具現し、この身分秩序はさらに法的な規制によって安定化された。貴族や王侯の既得権益は法によって擁護され、「国法上の諸身分は強固なものであり、貴族は既得権を持って生まれ、それを生涯にわたり維持した。それと同様に、農民や都市市民、王侯は国法に則り、常に同じ階層に居続けた。」[172]以上のような前提は、バロック期の階層化社会においても所与のものとして引き継がれた。「秩序撹乱」への強い拒絶反応は、例えば、グリューフィウスが、清教徒革命によって一六四九年にチャールズ一世が処刑された直後に、『虐殺された王。あるいは大ブリテン王カロルス・ストゥアルドゥス。』（第二版、一六六三）を執筆した事実からも見て取れる。実際に詩人自身が、人民による王権の破壊は由々しき事態であり、クロムウェルの独裁政治に見られるように、その結果は社会的混乱以外の何ものでもないという見解を抱いていたのである。[173]また、『マサニエロ』（一六八二年）を代表作に持つ後期バロックの劇作家であり学校教師でもあったクリスティアン・ヴァイゼも、「所与の社会秩序を、神によって定められたものとみなし、これに逆らうことは無意味だと考えていた。」[174]

これらの例からも分かる通り、バロックの詩人たちは、「比較的安定した権力分布が出現し」[175]、「国王が権力という点で他のすべての貴族、高位聖職者、高級官僚をはるかに凌駕」[176]していた絶対主義的身分社会を前提として生きていた。「絶対主義の下では、君主と国家が大幅に同一視されたので、君主がどこに居城を構えるかもやはり決定的に重要な意味をもったのである。君主が居るところ、君主が宮廷を開くところ、それが国家の中心であった」[177]と言われるように、この社会秩序の中心的位置を占めている

---

〔171〕Trunz, E.: Der deutsche Späthumanismus um 1600 als Standeskultur. In: Alewyn, R.: Deutsche Barockforschung. Dokumentation einer Epoche. 2. Aufl. Köln 1965, S. 147.

〔172〕Trunz, a. a. O., S. 150.

〔173〕Emrich, a. a. O., S. 180f.〔エムリッヒ、前掲書、三五四頁〕; Freund, a. a. O., S. 203.〔フロイント、前掲書、三五六頁以降〕

〔174〕Emrich, a. a. O., S. 213.〔エムリッヒ、前掲書、四一六頁〕

〔175〕Elias, N.: Die höfische Gesellschaft. Untersuchung zur Soziologie des Königtums und der höfischen Aristkratie mit einer Einleitung: Soziologie und Geschichtswissenschaft. In: ders.: Gesammelte Schriften. Hg. im Auftrag der Norbert Elias Stiftung Amsterdam v. Reinhard Blomert [et al.], Bd. 2. Bearbeitet v. Claudia Opitz. 1. Aufl. Frankfurt am Main 2002, S. 107.〔ノルベルト・エリアス『宮廷社会』波田節夫・中埜芳之・吉田正勝訳、法政大学出版局、一九八一年、八八頁〕

〔176〕Elias, a. a. O., S. 107.〔エリアス、同掲書、八八頁〕

〔177〕Merzbacher, F.: Staat und Jus publicum im deutschen Absolutismus. S. 144f. In: Conrad H. [et al.](Hg.): Gedächtnisschrift Hans Peters. Berlin/Heidelberg/New York 1967, S. 144-156.〔フリードリヒ・メルツバッハー「ドイツ絶対主義における国家とユス・プブリクム」石井紫郎訳、F・ハルトゥング他『伝統主義と近代国家』成瀬治編訳、岩波書店、一九八二年、五二一頁〕

のが「宮廷」であった。

エリアスによれば、絶対主義的身分社会の典型例であるルイ一四世の宮廷ならびにそこでの礼儀作法は、統治に際しての調節弁であると同時に安全確保と監視のための装置である。[178] ルイ一四世は、宮廷において被治者を観察し監視した。あらゆる宮廷の秘密、宮廷に関わる人びとの考え方や弱点を徹底的に調べ上げ、彼らの間に嫉妬や野心の種を蒔くことで、社会的均衡を維持し、自らの威厳の保持に利用したのである。そして、宮廷の外にある世間で起こっている諸事件にも関心を寄せていた彼は、全世界を広義の宮廷と見なし、宮廷的方法によってその統治も可能と考えていた。[179]

このようなルイ一四世の発想からは、「宮廷」こそがバロック時代の絶対主義的社会秩序を統括する中心であると同時に、そのあり様そのものがこの時代の世界観を端的に体現していることが見て取れる。この時代のドイツの諸領邦においても、君侯たちは太陽王の宮廷を盛んに模倣した。彼らの場合、現実政治において大きな成果をあげて威信を獲得する機会が殆どなかったために、フランス風の宮廷生活を導入することが自らの威光を保つ手段となったのである。[180]

以上で概観したように、バロック悲劇における「秩序」とは、何よりもまず「宮廷」を中心とする絶対主義的社会秩序である。これから分析する第四幕の「宮廷」は、第一幕のそれと同じ神聖ローマ帝国の宮廷である。これはバロックの宮廷と同じく皇帝を頂点に据えているが、前述したように、帝国内の民衆反乱によって存亡の危機にさらされている。この事態をバロック的な「秩序」の観点から考察するとき、どのような特徴が見えてくるのか、以下で明らかにしたい。

三．メフィストーフェレスの述べる「地殻変動」

第四幕の冒頭、「高山」の場面において、ファウストはグレートヒェンやヘレナとの思い出を回想する。そこへ、あたかも彼の思考を中断させるかの如く、メフィストーフェレスが現れる。彼らが立つのは険しい岩山であるが、メフィストーフェレスが「ここはもともと地獄の底だったんですからね（一〇〇七二行）」と述べる条りから先では、第二幕で既に言及されたアナクサゴラスの火成説がメフィストーフェレスによって論じられる。

メフィストーフェレス（真顔になって）

主なる神が——私もその理由を存じてますが——

〔178〕Elias, a. a. O., S. 224.〔エリアス、前掲書、二二一頁〕

〔179〕Elias, a. a. O., S. 220-226.〔エリアス、前掲書、二〇八—二一四頁〕

〔180〕Hartung, F.: Deutsche Verfassungsgeschichte. Vom 15. Jahrhundert bis zur Gegenwart. Stuttgart 71950, S. 133.〔F・ハルトゥング『ドイツ国制史—一五世紀から現代まで』成瀬治・坂井栄八郎訳、岩波書店、一九八〇年、一八七—一八八頁〕また、注55も参照のこと。

我々を天から深い深い地の底へ追いやったとき、
あすこの、中心が赤々と光り、辺り一面に、
尽きることのない炎が揺れながら燃えているあの辺りですが、
我々はあまりに明る過ぎる光の中で、
押し合いへし合い、身動き取れないところにいたもんです。
悪魔どもは揃って咳込み始め、
上から下まですっかり吹き飛ばしちまいました。
なぜって、この地獄は硫黄臭と硫酸ではちきれそうで、
ガスが発生していたんですからね。未曾有の事態に陥ったから、
この丘の平らな地層がすぐさま、
あんなに厚い地層なのに、音を立てて裂けざるを得なかったんですよ。
すると今度は我々がもう片方の端にしがみつくから、
今まで地底だったものが、今や頂になる。
こうなると、最底辺が最高位に変わるという
あのもっともな説が出てくるわけですよ。
というのも、我々は奴隷状態の灼熱地獄から抜け出て、
自由な空気が思い切り吸えるところにたどり着くんですから。（一〇〇七五―一〇〇九二行）

このメフィストーフェレスの火成説に対して、ファウストは次のように反論する。

ファウスト

山塊は私にとって崇高で黙したままのものであって、
その由来や根拠などどうでもよいことだ。
自然が自身の中で出来上がったとき、
自然は地球をきれいに丸くし、
山頂と峡谷を楽しみ、
岩と岩、山と山を並べ、
それから丘陵を適切なところに作り、
穏やかな山並みでそれを谷へと和らげたのだ。
それから草木が生い茂り生長し、自らを楽しむのだから、
自然にこの騒乱なぞ必要ないのだ。（一〇〇九五―一〇一〇四行）

ファウストは、今目にする自然が天地創造の当初からその姿をほとんど変えておらず、地底が山頂に変わるような自然界の大転換など存在しなかったという見解を述べている。つまり、岩や山、丘陵はそ

の形を維持し、自らの役目を全うするという「水成説的」[181]見解である。ここでファウストが述べているのは、自然の奥を統べている偉大な「秩序」に従いながら安定と調和を保っている自然像であり、彼は、メフィストーフェレスの火成説を「悪魔の自然観（一〇一二三行）」として退ける。

第四幕の中心的内容は、内乱に苦戦する皇帝を彼らが援助することであり、以上に挙げた火成説についての議論は本筋と直接的な関係はない。それにもかかわらず、この場面は省略されずに残された。ビルクによれば、ここで論じられる火成説は社会的変革と地殻変動とをアナロジーとして結びつけるものである。[182]「最底辺が最高位に変わる」という激変は、人知の及ばない至高のレベルでの「秩序」の下で起こる。この至高レベルでの「秩序」に関しては、バロック後期の代表的詩人であるローエンシュタインに特徴的な「神意（Verhängnis）」が大いに示唆を与える。シュペラーベルクによれば、「神意」とは「歴史を規定する力」であり、同じく歴史を支配する力を持つように見える運命の女神フォルトゥーナにも匹敵する力である。[183]エムリッヒも、シュペラーベルクの論に依拠しつつ、この「神意」を「運と美徳、フォルトゥーナと理性の闘争を越えたところに、見通すことのできぬ神意があり、これが、予知も予告も不可能な歴史の流れを動かす本源の力に他ならない。」と説明する。[184]ゲーテも、人知の及ばない、誰も抵抗できない歴史の力によって突き動かされて起きた隣国の革命的事件を彼なりに理解するために、自然現象を手がかりにしたのであろう。

バロック文学には、「自然現象が人間や歴史の運命、さらには行動のあり方を教える有益な教科書」[185]であり、「歴史と自然は結局は同じひとつのものである」[186]という前提がある。これがエンブレム的解釈のもとになるのである。第四幕のこの場面に関して言えば、ゲーテは地殻変動という自然現象を「ピクトゥーラ」として、帝国内に勃発した革命、さらには無能な統治者が招く社会的不安を解釈つまり「スブスクリプティオ」として提示しようと試みていたのかもしれない。しかもこのアレゴリーにおいては、当面の秩序の破壊をも内包するような高次の「秩序」という観念が暗示されている。

[181] フランクフルト版ゲーテ全集におけるこの場面の注釈によると、ファウストがここで述べているのは疑いもなく水成説であるとされ、丘陵の形成方法の描写にその根拠を置いている。だが、水成説は地質学における岩石の形成を主に問題にしているのであり、ファウストが述べているような山並みや峡谷の形成にまで拡大解釈できるのか否かについては疑問が残る。Vgl. FA, I. Abt., Bd. 7/2, S. 659.

[182] Birk, M.:Goethes Typologie der Epochenschwelle im vierten Akt des >Faust II<. In: Aufsätze zu Goethes >Faust II<. Hg. v. Werner Keller. Darmstadt 1992, S. 246 ff.

[183] Vgl. Spellerberg, Gerhard: Verhängnis und Geschichte. Untersuchung zu den Trauerspielen und dem „Arminius"-Roman Daniel Caspers von Lohenstein. Bad Homburg/Berlin/Zürich 1970, S. 36.

[184] Emrich, a. a. O., S. 191.〔エムリッヒ、前掲書、三七五頁〕

[185] Emrich, a. a. O., S. 31.〔エムリッヒ、前掲書、六〇頁〕

[186] Emrich, a. a. O., S. 32.〔エムリッヒ、前掲書、六二頁〕

四．皇帝と対立皇帝との間の戦争

ファウストとメフィストーフェレスの助力により、第一幕において財政難を切り抜けた皇帝は、再び国内反乱の事態に直面している。いったんは経済危機を乗り越えたものの、元来享楽的傾向の強い皇帝[187]の政治的無能力によって、帝国内に反乱が起きる。この経緯について、メフィストーフェレスが次のように述べている。

メフィストーフェレス

能力のある者どもが、勢力を持って立ち上がり、
こう言いましてね。「我々に平安をもたらす者こそ支配者だ。
皇帝にはそれができないし、しようとしない――我々に新皇帝を選ばせよ、
彼にこの帝国を新たによみがえらせてもらい、
彼が皆を安心させることで、
生まれ変わった世の中で
平和と正義が結ばれるようにしてもらうのだ。」とね。（一〇二七八―一〇二八三行）

つまり、帝国の民は、現皇帝を退位させ、閉塞した社会に新風を吹き込んでくれる新皇帝を選出するために、反乱を起こしたのである。この内乱で演奏されるトランペットや戦争の音楽を聞きつけ、ファウストとメフィストーフェレスは自分たちが助力したあの皇帝が窮地に陥っていることを知る。そして、再び皇帝を勝利に導き、褒章として皇帝から封土を授かるために、彼らは戦地に赴く。皇帝の陣営に加わった二人は、メフィストーフェレスの力で中世の騎士たちの霊を戦場に呼び出して援軍とする。さらにウンディーネたちの水の力で窮地に陥った軍隊を救い出し、最終的には皇帝の軍隊を勝利に導く。

この「前面の山上」の場面は、メフィストーフェレスが中世の騎士たちの霊をよみがえらせたことからも分かる通り、中世末期の封建社会を下敷きにして描かれている。ビルクによれば、ゲーテはこの場面において、中世末期と一九世紀初頭の二つの時代をアナロジーで繋いでいる。しかしゲーテが、第二

［187］ヴィトコフスキーは、この皇帝と主人公ファウストが対照をなしていると言う。それによると、皇帝は、第一幕ではうわべだけの人物で弱々しく、受身的態度で宮廷運営に従い、過去の栄光に逃避し、祝宴のような享楽ばかりを追及する。一方、ファウストは皇帝よりも地に足のついた、実行力ある人物として描かれる。つまり、第二部のファウスト像を明確にさせ、好対照をなす不可欠の要素として、この皇帝が描かれていると主張する。Wittkowski, W.: Faust und der Kaiser. Goethes letztes Wort zum ‘Faust’. In: Deutsche Vierteljahrsschrift für Literaturwissenschaft und Geistesgeschichte. 43 (1969), S. 631-651.

部における主人公ファウストを、第一部の場合よりもファウスト伝説に近づける形で描いていたことも明らかであるから、中世を彷彿とさせる諸々のモチーフが登場するのは当然とも言える。むしろこの場面では、皇帝が再び内乱に直面した事実そのものに分析の焦点を当てることが肝要である。第四幕は中世的世界を舞台にしており、この時代の封建的「秩序」を前提として物語が成り立っている。その「秩序」が正常に機能していれば、皇帝は国内を問題なく支配できているはずである。にもかかわらず、彼が再び窮地に陥るのは、その政治的無能もさることながら、封建制自体が既に破綻に向いつつあるからである。その最先端に位置する皇帝が自らの役割を果たせなくなるのは、彼個人の資質を越えたところで、より大きな「秩序」再編の運動が働いているからである。メフィストーフェレスによる内乱背景についての説明にある通り、ここでは既に被支配者である帝国の民衆が蜂起している。この動きは、前節で採り上げた自然界での地層の隆起現象と同じく、「地底だったところが山頂になる」激変である。もちろんそこには、蜂起に便乗して自己の利益をはかろうとする宗教界の援助もあるが、帝国の民が統治システムとしての封建制度の限界を理由に行動を起こしていることが、ここに描かれた争乱の本質であり、ゲーテが同時代との類比を示そうとしているポイントである。

以上のように述べると、ゲーテは革命に肯定的であるかのような誤解を生みかねないが、決してそうではない。既にこの場面の執筆以前から、ゲーテが革命を支持していなかったことは、周知の事実である。一八二〇年に着手し一八二二年夏に刊行された『滞仏陣中記』において、彼は一七八九年に勃発したフランス革命について次のように述べている。

世界はかつてないほど残忍で血に飢えているように思われた。そしてもし戦場における一人の王の生命が千人の命に匹敵するものならば、それは法廷での争いの場においてはもっと重いものになるはずだ。一人の王の生命が告訴されている。そこへもってきていろんな思想が広まり、さまざまな状況が人びとの口にのぼる。それらのことを永遠にしずめるために、数世紀前に王権の基礎が固められたのだったが。[188]

誰がその少年時代に、一六四九年の歴史を想って慄然としなかったであろうか。誰がチャールズ一世の処刑に身ぶるいしなかったであろうか。そしてこのような狂暴な党派的抗争は、二度と起らないことを気休めに望まなかったものがあっただろうか。ところがすべて繰りかえされたのだ。もっと残虐に、もっと狂暴に、しかも最も教養高き隣国の民のもとで、くる日もくる日も、休むことなくあたかも眼前でみるごとく繰りかえされたのである。[189]

〔188〕FA, I. Abt., Bd. 16, S. 569.〔『ゲーテ全集』第一二巻、二六一頁〕
〔189〕FA, I. Abt., Bd. 16, S. 571.〔『ゲーテ全集』第一二巻、二六三頁〕なお、邦訳において「隣国間」と訳している箇所のみ「隣国の民のもと」と改めた。

ゲーテは、王の務めは安定した秩序を維持することにあると考えていた。彼にとって、革命において見られた民衆の目を覆いたくなるような残虐行為は、単に秩序の崩壊を表すものでしかない。確かに、フランス革命とそれに続いて押し寄せたヨーロッパ世界の大きな変革を、ゲーテも抗いがたいものとして認めていた。しかし彼は、自由を放埓と履き違えることに対して嫌悪の念を持っており、[190] 人間が人間らしく暮らすことのできる安定した社会秩序を破壊する狂暴な行為には断固として反対の立場であった。このようにゲーテ自身、自分の信念と抗うことのできない歴史の力との狭間に立たされていたのであり、彼が「前面の山上」で描いたものは、秩序の安定を象徴する皇帝の立場を根底から揺るがしてしまうようなより高次の「秩序」に直面しての衝撃そのものだったのである。

五．アレクサンドリーナー詩型場面——絶対主義的統治体制の終焉

対立皇帝との戦いにかろうじて勝利した皇帝は、四人の重臣に権限を分与する。この場面から、韻律は突如としてバロック文学で頻繁に使用されたアレクサンドリーナー詩型に切り替わる。前述の通り、ゲーテは『ゲッツ・フォン・ベルリッヒンゲン』以降、『ファウスト』第一部の「四阿」の場面など一部の例外を除いて、この韻律を使用しておらず、『ヴィルヘルム・マイスターの修業時代』ではこの韻律に対する悪口雑言に近い評価も下している。

しかし、ゲーテはシラーと共同で推進した古典主義において、この詩型を過去のものとして完全に葬り去ったわけではなかった。アレクサンドリーナー詩型についての議論は、シラーが一七九九年一〇月一五日付でゲーテに宛てた書簡[191]に見られる。それによると、この形式は、それを使用している作品の言語全体に影響を及ぼすだけでなく、作品が内包している精神や、作品に登場する人物の性格、志操、態度をも規定する。アレクサンドリーナー詩型は、抑揚格の三つの連なりを一単位として、この単位を一行のうちに二対揃える詩型であるが、[192]このような対句の形によって、心情と思考の動き、その両者間の

[190] 例えば、フランス革命の直前である一七八八年に書かれた『ローマの謝肉祭』において、ゲーテは「自由と平等は狂乱の陶酔の中でのみ享受しうるもの」(FA, I. Abt., Bd. 15/1, S. 552) と述べている。これは、謝肉祭における無礼講のような社会秩序を撹乱する言動を通常の生活空間に使用することに対し、ゲーテが違和感を持つ感覚の持ち主であることを裏書きする。

[191] シラーはこの書簡で、一七九九年一〇月当時にヴォルテールの悲劇『マホメット』の翻訳を手掛けていたゲーテが、原作のアレクサンドリーナー詩型をブランクヴァース（弱強五歩格の無韻詩）に変更して訳していたため、原作の良さを損なわないよう注意を喚起するために、アレクサンドリーナー詩型の効用を説明した。Schiller, F.: Briefe II 1795-1805. Hg. v. Norbert Oellers. Friedrich Schiller Werke und Briefe. Bd. 12. Frankfurt am Main 2002, S. 493f.

[192] Knörrich, O.: Lexikon lyrischer Formen. Stuttgart 1992, S. 5f.

一種の相克が表されると、シラーは述べている。このシラーの指摘に対し、ゲーテはその翌日の返信で、公務忙殺を理由にアレクサンドリーナー詩型について特に見解を述べることはなく、態度を留保したままであったが、前述の『ヴィルヘルム・マイスターの修業時代』に見られるような貶下的心情を抱きつつも、この詩型が持つ詩的効果の点では冷静にシラーの意見を聞き届けたのではないかと考えられる。[193] ハスルマイヤーによれば、この対句的な詩型を用いていることで、第四幕からは、現皇帝が表向きは勝利を収めたように見えるにもかかわらず、対立皇帝の合法性を圧倒し尽くしていない現状が浮かび上がり、皇帝と対立皇帝の間の戦争の後の身震いが聞き取れると言う。[194]

対立皇帝との戦争に辛勝した皇帝の心情を汲めば、確かにハスルマイヤーのように読めなくもないであろう。しかし、ここでのアレクサンドリーナー詩型の効果は、そのような皇帝の精神的動揺の表現のみにとどまるとは思えない。ゲーテがこの場面を執筆していた一八三〇年代当時には既に古めかしい韻律であったこの詩型を敢えて使用したことによる効果を考察する余地が残されている。戦いの直後、皇帝は勝利に至るまでの経緯を振り返りつつ以下のように述べる。

皇帝

たとえどのような経緯とはいえ！　余がこの戦いの勝者であり、
敵は蜘蛛の子を散らしたように逃げ去って、平らな戦場から消え去ったわい。
〔……〕

確かに我々の戦いには、ペテンも混ざっておったが、
最終的には余が独力で戦ったようなものだ。
数々の偶然が、戦う余に味方したのだから。
空から石が降り、敵に血の雨が降り、
岩の空洞からは力強い不思議な響きが轟き、
余の胸を高揚せしめ、敵の胸を萎縮せしめたのだ。（一〇八四九―一〇八六二行）

アレクサンドリーナー詩型特有の荘重な調子も手伝って、皇帝のこの語り口は確かに威風漂うが、勝利に至るまでの経緯そのものは、偶然の重なりや、ファウストとメフィストーフェレスの魔術に支えら

［193］ゲーテは結局、『マホメット』翻訳のブランクヴァースを改めなかった。シラーの説得に対するゲーテのこの「無反応」については、解釈が分かれるところではある。Goethe, J. W.: Briefe, Tagebücher und Gespräche vom 24. Juni 1794 bis zum 9. Mai 1805. Teil I. Vom 24. Juni 1794 bis zum 31.Dezember 1799. Hg. v. Volker C. Dörr und Norbert Oellers. Frankfurt am Main 1998, S. 736.

［194］Haslmayr, Harald: Alexandriner, Allegorien und Siebenmeilenstiefel. Geschichtsphilosophische Grillen zu Goethes Politiksatiren im vierten Akt des Zweiten Faust. In: Politischen Mythen und nationale Identitäten im (Musik-)Theater. Hg. v. Peter Csobadi u. a. Bd. 1. Anif/Salzburg 2003, S. 284f.

れ、いかがわしさを拭えないものがある。戦争の跡がいまだ残る対立皇帝の天幕の中で、皇帝は重臣を四人任命し、今後の統治について協議しているように見えるが、その内実は愚劣な戦勝祝賀の宴の話題に傾いていく。祝宴の提案は、これらの重臣たちからなされている。

式部卿

これまで国内警護に従事していた陛下の忠実なる軍隊が、
国境に至るまで陛下と玉座をお守りし強固にするならば、
広大な陛下のお父上のお城の広間にて、大勢の者で賑わう祝宴を催し、
陛下にお食事をご用意するお役目を、どうぞこの私にお申し付けください。
（一〇八七七―一〇八八〇行）

内膳の正

厨房一同、私と一致団結させまして、
遠方の食材を取り寄せ、食材の旬を早めさせましょう。
もっとも、陛下のお好みは食卓を賑わす遠方や早取りの食材ではなく、
質素で滋養あるもの、これが陛下のお求めのものでございます。（一〇九〇五―一〇九〇八行）

献酌侍従

私もあの大祝宴にこの身を投影してみとうございます。
陛下の配膳台をこの私が、
絢爛たる器であれば金でも銀でも何でも使って最大限にお飾り申し上げますが、
陛下のためにはまずもって、ご愛用の脚付き酒盃を選定いたしましょう。
この酒盃はピカピカのヴェネチアングラスでございますが、快さが垣間見え、
葡萄酒の味を引き立て、悪酔いさせないものでございます。（一〇九一七―一〇九二二行）

皇帝が「どうしても話が祝宴のことになってしまう（一〇九〇九行）」と言うように、真剣な政治の話を進める方向と逆行するかのように、祝宴の準備が彼らの話題に次々と割り込む。この様子からは、勝利に酔いしれる瞬間を引き延ばし、今後ぶつかるであろう現実の政治的課題など眼中にないことが窺える。最初は「余は真剣な思いでいるため、祝宴を企画することなど思いも及ばない（一〇八九七行）」と言っていた皇帝も、第一幕で見せたような元来の享楽的性質を隠さず、重臣たちとの祝宴談義に興じている。

この流れが真面目な政治協議に転換するのは、この場面の終盤に宰相兼大司教が登場するときである。遅れてきた大司教に向って皇帝が四人の重臣たちと帝国の今後の運営を協議していた旨を説明することにより、彼らの話題はようやく為政の場にふさわしいものに引き戻されるかに見える。だが、場を

引き締めるかのように登場した大司教は、この戦争において皇帝が神ならびに教皇への冒瀆に等しい所業を行ったという理由で、皇帝の所有する土地や、戦利品の一部に相当する金銀を、教会に寄進するよう要求する。このような大司教の要求について皇帝が愚痴をこぼす場面で、第四幕は終わる。

ここで、この「アレクサンドリーナー詩型場面」に関してひとつの疑問が浮かび上がる。前述のように、そもそもバロック文学においてアレクサンドリーナー詩型は、王侯貴族の没落を荘重な調子で描くにふさわしいものと位置づけられていた。しかし、第四幕末尾の内容が以上のようなものだとすると、はたしてこの詩型をこの場面に使うことは適切と言えるのであろうか。バロック悲劇における詩学的慣例を基準に考えれば、形式と内容との間に大幅なずれが認められるのである。

それにもかかわらず、ゲーテはあえてここでこの詩型を使用した。これは揺るぎない事実である。おそらく理由のひとつは、宮廷の古風な雰囲気を描くのにふさわしい形式と考えられたということであろう。さらに、もうひとつの理由として、フランス革命以前の絶対王政的支配形態の終焉を暗示する意図があったことを指摘したい。一八三〇年代当時、既に古風となったこの詩型[195]こそが、移行しつつある新しい時代における、古い統治形態への違和感を表現する器と考えられたのである。場面は、この詩型独特の荘重な調子で描かれてはいるが、その内容は空疎な宮廷談義である。つまり、アレクサンドリーナー詩型の使用によって、形式と内容の異様な対照性が戯画的に際立たせられ、この宮廷場面のもつ違和感が引き立てられていると解釈することができる。

『ファウスト』第二部に登場する宮廷のモデルは神聖ローマ帝国のそれである。三〇年戦争後の帝国は、ドイツの諸領邦に対する支配力を実質的に失ったにもかかわらず、諸領邦が絶対主義化してゆく過程の中でなお一五〇年間ゆるやかに延命し、ようやく一八〇六年に終焉を迎える。ゲーテは一五歳当時の一七六四年、神聖ローマ皇帝ヨーゼフ二世の煌びやかなフランクフルトでの戴冠式の際、皇帝の壮麗な行列に心を惹きつけられたことや、市全体が体験した興奮を『詩と真実』に詳細に書き記している。[196] 神聖ローマ帝国崩壊後、ナポレオンが革命の勢いに乗じてヨーロッパ大陸を支配したが、その彼も没落する。一八一四年から一八一五年にかけてのウィーン会議により、国際的秩序回復のため復古的体制が復活したものの、一八三〇年のフランスに端を発する七月革命が反動政治への反発を示し、それがドイツなどの近隣諸国へと飛び火し、自由主義運動の引き金になる。『ファウスト』のこの場面を執筆したこの当時、彼は、あの神聖ローマ帝国が遂に消滅したことや、その後の二〇年以上に亘るヨーロッパの動乱の様子に、隔世の感を抱かずにはいられなかったであろう。

このような執筆時の時代背景も併せて考察すると、アレクサンドリーナー詩型の採用は、旧体制的「秩序」が抗いがたい歴史の力によって崩壊する姿を戯画的に表現するためのものであり、そこには、長年に亘り手掛けてきた『ファウスト』全体の完成だけでなく、同時代の状況に対するゲーテ自身の感

〔195〕HA, Bd. 7, S. 752.
〔196〕FA, I. Abt., Bd. 14, S. 293f.〔『ゲーテ全集』第九巻、一五九頁以降参照〕

慨もこめられているのである。

六． 混迷する時代の傍観者としてのゲーテ

「秩序」というモチーフを中心に分析を試みることで、『ファウスト』第二部の第四幕、特にその中の「アレクサンドリーナー詩型場面」を通じて、ゲーテがいかにして彼の生きた時代の意味を表現しようとしたかが明らかになった。

確かにゲーテは、フランス革命のような社会秩序を根底から揺るがす大変革を無条件に肯定することはなく、むしろその残忍で野蛮な結果に心を痛めていた。しかし同時に、フランス革命以前の旧秩序の中で長い年月を暮らしてきた彼は、怒涛のように押し寄せる歴史の変化を、不可避のものとして傍観し甘受せざるをえない立場にあった。自分の周囲に起こる様々な歴史的事件に対して、それに参加して新しい時代を作り上げる当事者としてではなく、古い時代の価値観を引きずる傍観者として向き合わざるをえなかった。火山活動や地殻変動のような激しい自然現象をアレゴリー的に使用することは、困難な時代に直面したゲーテが、世界を動かす高次の「秩序」を自分なりに具象化し、その意義を探ろうとしたひとつの試みであり、それを通じて彼は、直接的には受け入れることのできない歴史の変動を文学的に理解し消化しようと努めたのである。その際に彼が、戯画的にであるにせよバロックの手法を援用し

たのは、バロック的表現の内に、「秩序」の「自己確認」という性質が内在することを、少なくとも直観的に理解していたからである。

バロック期の文学は、エンブレムを通して事象の意味を把握し、人間や歴史についての有意義な教訓を導き出そうとした。第四幕を執筆したゲーテも、これと同じく、自分の身辺に起こる時代の変革の空気に対して、「秩序」を彷彿とさせる諸々のモチーフをあてがうことで、自分の思考の整理に努めたと思われる。その姿は、エンブレムを始めとした様々な手段を通じて「自己確認」的作業を繰り返したバロックの人びとの姿と重なり合っている。

結　論

本書の第一部では、『ファウスト』分析の前段階として、まず、本研究で扱う「バロック」の主要な特徴を論じ、それからゲーテを含めた一八世紀の文学理論家たちが「バロック」をどのように受容していたかについて概観した後、「ゲーテとバロック文学」というテーマ設定にまつわる問題点を指摘した。

第一章で「バロック」概念の概観を行い、バロック的表現における最も重要な特徴は「自己確認」する作業であるという筆者自身の仮説を提示した。第二章では、一八世紀の文学理論と本書の分析対象であるゲーテ本人における「バロック」受容の内実を時代に沿ってたどった。従来ゲーテに関しては、「バロック」的なものに反発する言辞のみが一面的にクローズアップされてきたが、本章での検討において、実際のゲーテは、様々な時期に「バロック」に関心を寄せたり、その表現手法を取り入れようとしたりしており、彼と「バロック」との関連についてあらためて再検討する余地があることが明らかとなった。第三章では、先行研究の要約と研究の方向性の明確化を行い、『ファウスト』のテクストにおけるバロック性の分析への橋渡しとした。

第二部では、第一部の考察を踏まえて、『ファウスト』の第一部と、第二部第一幕及び第四幕という三つの場面を対象に、「バロック」の観点からそれぞれの場面の構成や意味を分析し再解釈することを試みた。

第四章では、『ファウスト』第一部をエンブレム的構造に即して分析した。第一部の本筋を描出部分、「ワルプルギスの夜の夢」の中の政治家たちの場面を解釈部分と見なすことで、第一部が書かれた一七七〇年代から一八〇〇年代にかけての時代の大きな移り変わりを、ゲーテがグレートヒェン悲劇を通じて寓意化していることを明らかにした。ゲーテは一七七〇年代に、その判決が既に前時代的という印象を与えるグレートヒェン悲劇や学者悲劇を書いたが、それから三〇年後、第一部完成間近の一八〇〇年前後に政治家たちの場面を挟み込んだ。この挿入によって、グレートヒェン悲劇が読み手に感じさせる現実との違和感がより鮮明になり、啓蒙思想に影響された新しい時代と価値観が旧来のそれに既に取って代わっているというメッセージがより効果的に表現されるようになったのである。さらに、第一部のエンブレム的構造は、第二部との内容的な整合性という点でも重要であることが指摘できる。

第五章では、『ファウスト』第二部第一幕の仮装舞踏会の場面をとり上げ、「祝祭」のモチーフに焦点をあてて分析した。その結果、表面的には帝国の繁栄や皇帝の威厳を顕揚している「祝祭」が、同時にそれらを否定し、統治者の無能力とその政治システムの限界を露呈させるような、相反した二重の意味を帯びて描かれていることが示された。

第六章の『ファウスト』第二部第四幕の分析では、「秩序」と「宮廷」というモチーフに着目した分析を行った。この場面においてゲーテは、荘重な雰囲気を作り出すバロック特有の詩型であるアレクサンドリーナーを使用している。もちろん、秩序の中心的機構である宮廷の場面を描くにふさわしいものとしてゲーテはこの詩型を選択したと考えられるが、この場合にも、威厳や厳粛さを醸し出す形式に、祝勝の宴をめぐる卑小な会話内容が盛られていることで、むしろ諷刺的な効果が生まれている。これもまた、この場面が執筆された一八三〇年代当時の世相をも反映しつつ、時代が容赦ない変容にさらされていることをゲーテが自己確認しているものと解釈できる。

以上の三つの場面の分析を総合すると、これらのどの場面からも、フランス革命以前の旧体制から新たな政治システムへの転換と、それに伴い従前の価値観がもはや通用しなくなる状況を、必ずしもそれを肯定していたわけではないゲーテが、自らの時代認識として確認し表現しようとしていることがわかる。彼はこの確認作業を、ひとつ前の転換期、つまり封建制から絶対主義への移行期にあたる「バロック」時代のモチーフを利用して試みたのだが、まさに「バロック」における祝祭やエンブレムそれ自体が、不安定な時代における自己確認のための表現技法だったのであり、ゲーテはその特性をよく理解していたのであろうと想像される。

バロックの観点から再解釈するために選んだこれら三つの場面は、『ファウスト』全体の中でそれほど内容上の重要性があるものとは言い難い、言わば「夾雑」的な場面である。しかし、長い年月をかけて創作された『ファウスト』に無駄な場面などあるはずもない。一見さしたる意味がないように見える場面が、『ファウスト』の中で『ファウスト』全体の解釈のヒントを与えるという自己確認・自己言及的な役割を演じている。そうすることで、こうした場面は、主要部分では表現し切れない同時代的なメッセージを伝え、作品世界に明確な奥行きを与えているのである。

そして、これらの「夾雑」的場面からは、激動し混迷きわまる自身の時代に正面から向き合い、過去と現在を全体として考察し続ける詩人ゲーテの姿が浮かび上がって見える。実際、ゲーテはライプツィヒから病気療養のためにフランクフルトの実家に戻った若い時期に、既にこうした「自己確認」的作業の意義に気づいていたようである。

もうひとつ別の、これよりも多少人間的で、その当時の私の教養にとってはるかに有益だった仕事は、ライプツィヒから家に書き送った手紙を通読してみることであった。数年まえに自分の手で書いたものをふたたび目の前において、こんどは自分自身を対象として考察できる場合ほど、私たちの自己を解明してくれるものはあるまい。[197]

上の例は、手紙を通じた考察であるが、自分が置かれている時代的状況を何らかの文学的な媒介を通して解釈し、思考を整序しようとする彼の方法論は、バロック時代の詩人たちの営為にも通じている。その姿は、「《ドイツの文豪》や《ドイツ古典文学詩人》という仰々しい看板を取り除いた等身大のゲーテ」[198]と言ってもよいものだが、めまぐるしく変化する時代との精神的な格闘を、あくまで文学の形で描き出そうと努め、それにかなう形式を模索したという点が重要である。バロックの時代もまた荒廃と虚飾の中で自らの足場を見定め続けなくてはならない時代だった。とうに否定され忘れ去られていたバロックの方法を、ゲーテがその生涯をかけた大作の中にひそかに取り込んでいたとすれば、それはとりもなおさず、彼がバロックの本質を見抜き、そこに自らの文学にとって真に有益なものを見いだしていたからであり、またそれを見いだしうるだけの深い見識を彼が有していたからに他ならない。

[197] FA, I. Abt., Bd. 14, S. 376.〔『ゲーテ全集』第九巻、三〇六頁〕
[198] 石原あえか『科学する詩人ゲーテ』慶應義塾大学出版会、二〇一〇年、二五一頁。

橋本由紀子「詩学仕掛けの国語育成――ハルスデルファー『詩学の漏斗 第一部』を読む」〔学習院大学『人文科学論集』14 号、2005 年、133-154 頁〕

波田節夫『ゲーテとバロック文学』朝日出版社、1974 年。

F・ハルトゥング他『伝統主義と近代国家』成瀬治編訳、岩波書店、1982 年。

マリオ・プラーツ『バロックのイメージ世界　綺想主義研究』上村忠男他訳、みすず書房、2006 年。

平凡社《世界史事典》編集部『世界史事典』平凡社、1983 年。

丸本隆編『オペラの一八世紀』彩流社、2003 年。

村本詔司『ユングとファウスト　西洋精神史と無意識』人文書院、1993 年。

森本浩一「新旧論争と一七世紀の『言語』観」〔平成 18 年度～平成 19 年度科学研究費補助金（基盤研究（B））研究成果報告書『〈新旧論争〉に顧みる進歩史観の意義と限界、並びにそれに代わり得る歴史モデルの研究』、新潟大学、2008 年、1120 頁〕

山内進『新ストア主義の国家哲学――ユストゥス・リプシウスと初期近代ヨーロッパ――』千倉書房、1985 年。

山崎彰『ドイツ近世的権力と土地貴族』未來社、2005 年。

荒俣宏他『バロックの愉しみ』、筑摩書房、1987 年。

石原あえか『科学する詩人ゲーテ』慶應義塾大学出版会、2010 年。

大澤武男『「ファウスト」と嬰児殺し』新潮社、1999 年。

小川泰生「バロック抒情詩の問題点と文学の視座」〔上智大学『ドイツ文学論集』第三九号、2002 年、3-33 頁〕

小場瀬卓三『バロックと古典主義』白水社、1978 年。

河盛好蔵他『プレシフランス文学史』駿河台出版社、1997 年。

木村直司『ゲーテ研究』南窓社、1976 年。

轡田收「バロック」、『増補改訂版新潮世界文学辞典』新潮社、1990 年、1419-1422 頁。

坂井栄八郎『ドイツ史十講』岩波書店、2003 年。

——『ゲーテとその時代』朝日新聞社、1996 年。

塩田勉「ガリバーの『言語権』感覚——その由来と背景を温ねて——」〔早大文学研究会『ワセダ・レビュー』第 40 号、2007 年、14-33 頁〕

柴田翔［編著］『「ファウスト第 I 部」を読む』白水社、1997 年。

——『「ファウスト第 II 部」を読む』白水社、1998 年。

清水裕之『劇場の構図』鹿島出版会、1985 年。

高田博行「一七世紀の言語論における『普遍の鍵』」〔大阪外国語大学『論集』第 1 号、1989 年、49-72 頁〕

高橋義孝『ファウスト集注　ゲーテ「ファウスト」第一部・第二部注解』郁文堂、1979 年。

田中岩男「道化メフィスト——『ファウスト』における道化的視点の意義——」〔『ドイツ文学』、133 号、2007 年、167-183 頁〕

谷川渥『美のバロキズム　芸術学講義』武蔵野美術大学出版局、2006 年。

田野倉稔「バロックの演出家たち——フィレンツェからパレルモへ」、荒俣宏他『バロックの愉しみ』筑摩書房、1987 年、129-155 頁。

中川純男編『哲学の歴史 3』中央公論新社、2008 年。

仲正昌樹『貨幣空間』情況出版、2000 年。

成瀬治『伝統と啓蒙——近世ドイツの思想と宗教』法政大学出版局、1988 年。

——他編『世界歴史大系ドイツ史一—先史〜一六四八年—』山川出版社、1997 年。

——他編『世界歴史大系ドイツ史二—一六四八年〜一八九〇年—』山川出版社、1996 年。

Steinecke, Hartmut/Wahrenburg, Fritz: Romantheorie. Texte vom Barock bis zur Gegenwart. Stuttgart 1999.

Strich, Fritz: Der lyrische Stil des siebzehnten Jahrhunderts. In: Barner, W.: Der literarische Barockbegriff. Darmstadt 1975. S. 32-71.

Strong, Roy: Art and power. Renaissance festival, 1450-1650. Woodbridge/Suffolk 1984.〔ロイ・ストロング『ルネサンスの祝祭　王権と芸術　上』星和彦訳、平凡社、1987 年〕

Tapié, Victor-Lucien: Baroque et classicisme. Paris 1972.

Taylor, F. Scherwood: The alchemists. Founders of modern chemistry. New York 1949.〔F・シャーウッド・テイラー『錬金術師　近代化学の創設者たち』平田寛・大槻真一郎訳、人文書院、1978 年〕

Trevor-Roper, Hugh Redwald: The general crisis of the seventeenth century. In: ders.: The crisis of the seventeenth century. Religion, the Reformation, and social change. Indianapolis 2001. S. 43-82.〔H・R・トレヴァ・ローパー「十七世紀の全般的危機」、トレヴァ・ローパー他著『十七世紀危機論争』今井宏訳、創文社、1975 年、72-126 頁〕

Trunz, Erich: Der deutsche Späthumanismus um 1600 als Standeskultur. In: Alewyn, R. (Hg.): Deutsche Barockforschung. Dokumentation einer Epoche. Köln 1965. S. 147-181.

Wittkowski,Wolfgang: Faust und der Kaiser. Goethes letztes Wort zum 'Faust'. In: Deutsche Vierteljahrsschrift für Literaturwissenschaft und Geistesgeschichte. 43. 1969, S. 631-651.

Zabka, Thomas: Dialektik des Bösen. Warum es in Goethes ‚Walpurgisnacht' keinen Satan gibt. In: Deutsche Vierteljahrsschrift für Literaturwissenschaft und Geistesgechichte. 2/1998, S. 201-226.

Zedler, Johann Heinrich: Grosses vollständiges Universal-Lexikon. Halle u. Leipzig (1732-1750) [Graz 1961-1964]

・和文文献

饗庭孝男他『フランス文学史』白水社、1992 年。

浅野啓子・佐久間弘展編『教育の社会史』知泉書館、2006 年。

阿部謹也『刑吏の社会史　中世ヨーロッパの庶民生活』、中央公論社、1978 年。

und Form, Gesammelte Abhandlungen zur Literaturwissenschaft und zur allgemeinen Geistesgeschichte. Dortmund 1925. S. 389-405.

Reiss, Hans (Hg.): Goethe und die Tradition. Frankfurt am Main 1972.

Requadt, Paul: Die Figur des Kaisers im »Faust II«. In: Jahrbuch der deutschen Schillergesellschaft. 8. Jahrgang 1964. S. 153-171.

Resenhöfft, Wilhelm: Existenzerhellung des Hexentums in Goethes «Faust» . (Mephisto Masken, Walpurgis) Grundlinien axiomatisch-psychologischer Deutung. Bern 1970.

Rickert, Heinrich: Goethes Faust. Die dramatische Einheit der Dichtung. Tübingen 1932.

Schlaffer, Heinz: Die kurze Geschichte der deutschen Literatur. München/Wien 2002.〔ハインツ・シュラッファー『ドイツ文学の短い歴史』和泉雅人・安川晴基訳、同学社、2008年〕

Das Tagebuch des Meister Franz Scharfrichter zu Nürnberg. Kommentar von Jürgen Carl Jacobs und Heinz Rölleke. Dortmund 1980.〔フランツ・シュミット『ある首斬り役人の日記』藤代幸一訳、白水社、2003年〕

Scholem, Gershom: Judaica. Alchemie und Kabbala. Frankfurt am Main 1984.〔ゲルショム・ショーレム『錬金術とカバラ』徳永恂他訳、作品社、2001年〕

Scholz, Bernhard F.: Emblem und Emblematik. Historische und systematische Studien. Berlin 2002.

Schöne, Albrecht: Emblematik und Drama im Zeitalter des Barock. München 31993.〔アルブレヒト・シェーネ『エンブレムとバロック演劇』岡部仁＋小野真紀子訳、ありな書房、2002年〕

Simon, Alfred: Les signes et les songes. Essai sur le théâtre et la fête. Paris 1976.〔アルフレッド・シモン『記号と夢想　演劇と祝祭についての考察』岩瀬孝監修・佐藤実枝／伊藤洋／沖田吉穂／梅本洋一訳、法政大学出版会、1990年〕

Spellerberg, Gerhard: Verhängnis und Geschichte. Untersuchung zu den Trauerspielen und dem „Arminius“-Roman Daniel Casper von Lohenstein. Bad Homburg/Berlin/Zürich 1970.

Starobinski, Jean: L’Invention de la libertè, 1700-1789. Genéve 1987.〔ジャン・スタロビンスキー『自由の創出——十八世紀の芸術と思想——』小西嘉幸訳、白水社、1982年〕

Tagebuch des Meister Franz Scharfrichter zu Nürnberg. Nachdruck der Buchausgabe von 1801. Kommentar von Jürgen Carl Jacobs und Heinz Rölleke. Dortmund 1980. S. [207]-[223].〔ユルゲン・カール・ヤーコプス「文化史的・法制史的解説」、フランツ・シュミット『ある首斬り役人の日記』藤代幸一訳、白水社、2003 年、135-158 頁〕

Jung, Carl Gustav: Psychologie und Alchemie. Jung-Merker, L./Rüf, E. (Hg.): C. G. Jung Gesammelte Werke. Bd. 12. Olten und Freiburg im Berisgau 1976.〔C・G・ユング『心理学と錬金術 I』池田紘一／鎌田道生訳、人文書院、1976 年〕

Keller, Werner (Hg.): Aufsätze zu Goethes >Faust II<. Darmstadt 1992.

Knörrich, Otto: Lexikon lyrischer Formen. Stuttgart 1992.

Lessing, Gotthold Ephraim: Hamburgische Dramaturgie. Hg. v. Klaus Bohnen. In: ders.: Werke und Briefe in zwölf Bänden. Hg. v. W. Barner [et al.]. Frankfurt am Main 1985. Bd. 6.〔ゴットホルト・エフライム・レッシング『ハンブルク演劇論』南大路振一訳、鳥影社・ロゴス企画部、2003 年〕

Lohmeyer, Drothea: Faust und die Welt. Der 2. Teil der Dichtung. München 1975.

Mache, Urlich: Goethes Faust als Plutus und Dichter. In: Lüders, D. (Hg.): Jahrbuch des freien deutschen Hochstifts. 1975. S. 174-188.

May, Kurt: Faust II. Teil. In der Sprachform gedeutet. München 1962.

Meid, Volker.: Sachwörterbuch zur deutschen Literatur. Durchgesehene und verbesserte Ausgabe. Stuttgart 2001.

Merzbacher, Friedrich: Staat und Jus publicum im deutschen Absolitismus. In: Conrad, H. [et al.]: Gedächtnisschrift Hans Peters. Berlin/Heidelberg/New York 1967. S. 144-156.

Metscher, Thomas: Faust und die Ökonomie. In: Keller, W. (Hg.): Aufsätze zu Goethes >Faust II<. Darmstadt 1992. S. 278-289.

Müller, Günther :Höfische Kultur der Barockzeit. In: Naumann, H./Müller, G.: Höfische Kultur. Halle/Saale 1929. S. 79-154.

Nadler, Josef: Das bayerisch-österreichische Barocktheater. In: Alewyn, R. (Hg.): Deutsche Barockforschung. Köln/Berlin 1965, S. 94-106.

Petsch, Robert: Faustens Gang zu Müttern. (1924) In: ders.: Gehalt und Form, Gesammelte Abhandlungen zur Literaturwissenschaft und zur allgemeinen Geistesgeschichte. Dortmund 1925. S. 446-459.

——: Goethes 'Faust'. Der Tragödie zweiter Teil. (1923) In: ders.: Gehalt

Bari 1957.〔エウジェニオ・ガレン『ルネサンスの教育　人間と学芸の革新』近藤恒一訳、知泉書館、2002 年〕

Godwin, Joscelyn: Robert Fludd. Hermetic Philosopher and Surveyor of Two Worlds. London 1979.〔ジョスリン・ゴドウィン『交響するイコン――フラッドの神聖宇宙誌』吉村正和訳、平凡社、1987 年〕

Hamm, Heinz: Julirevolution, Saint-simonismus und Goethes Abschliessende Arbeit am >Faust<. In: Keller, W. (Hg.): Aufsätze zu Goethes >Faust II<. Darmstadt 1992. S. 278-289.

Hankamer, Paul: Deutsche Gegenreformation und deutsches Barock. Die deutsche Literatur im Zeitraum des 17. Jahrhunderts. 2. Aufl. Stuttgart 1947.

Hartung, Fritz: Deutsche Verfassungsgeschichte. Vom 15. Jahrhundert bis zur Gegenwart. 7. Aufl. Stuttgart 1950.〔F・ハルトゥング『ドイツ国制史―一五世紀から現代まで―』成瀬治・坂井栄八郎訳、岩波書店、1980 年〕

Haslmayr, Harald: Alexandriner, Allegorien und Siebenmeilenstiefel. Geschichtsphilosophische Grillen zu Goethes Politiksatiren im vierten Akt des Zweiten Faust. In: Csobádi, Peter (Hg.): Politische Mythen und nationale Identitäten im (Musik-) Theater. Bd.1. Anif / Salzburg 2003. S. 279-290.

Henkel, Arthur/Schöne, Albrecht: Emblemata. Handbuch zur Sinnbildkunst des XVI. und XVII. Jahrhunderts. Taschenausgabe. Stuttgart/Weimar 1996.

Henry, John: The scientific revolution and the origins of modern science. 2nd ed. Basingstoke 2002.〔ジョン・ヘンリー『一七世紀科学革命』東慎一郎訳、岩波書店、2005 年〕

Hentig, Hans von: Die Strafe. Bd. I. Berlin/Göttingen/Heidelberg 1955.

――: Die Strafe. Bd. II. Berlin/Göttingen/Heidelberg 1955.

Hocke, Gustav René: Manierismus in der Literatur. Sprach-Alchimie und esoterische Kombinationskunst. Hamburg 1959.〔グスタフ・ルネ・ホッケ『文学におけるマニエリスムⅠ　言語錬金術ならびに秘教的組み合わせ術』種村季弘訳、現代思潮社、1971 年〕

Homeyard, Eric John: Alchemie. Penguin Books 1957.〔E・J・ホームヤード『錬金術の歴史　近代科学の起源』大沼正則監訳、朝倉書店、1996 年〕

Hutin, Serge: L'alchimie. 4a éd. mise á jour. Paris 1971.〔セルジュ・ユタン『錬金術』有田忠郎訳、白水社、1972 年〕

Jacobs, Jürgen Carl: Kultur- und rechtsgeschichtliche Anmerkungen. In: Das

D'ors, Eugenio: Du baroque. Version française de Agathe Rouart-Valéry. Paris 1983.〔エウヘーニオ・ドールス『バロック論』神吉敬三訳、美術出版社、1991 年〕

Elias, Norbert: Die höfische Gesellschaft. Untersuchung zur Soziologie des Königtums und der höfischen Aristkratie mit einer Einleitung: Soziologie und Geschichtswissenschaft. In: ders.: Gesammelte Schriften. Hg. im Auftrag der Norbert Elias Stiftung Amsterdam v. Reinhard Blomert [et al.], Bd. 2. Bearbeitet v. Claudia Opitz. 1. Aufl. Frankfurt am Main 2002.〔ノルベルト・エリアス『宮廷社会』波田節夫・中埜芳之・吉田正勝訳、法政大学出版局、1981 年〕

Emrich, Wilhelm: Deutsche Literatur der Barockzeit. Königstein/Ts. 1981.〔ヴィルヘルム・エムリッヒ『アレゴリーとしての文学　バロック期のドイツ』道籏泰三訳、平凡社、1993 年〕

――:Das Ratsel der >Faust-II<-Dichtung. Versuch einer Lösung. In: Keller, W. (Hg.): Aufsätze zu Goethes >Faust II<. Darmstadt 1992. S. 26-54.

Flamel, Nicolas: Le Livre des figures hiéroglyphiques. Le Somaire philosophique. Le désir désiré. In: Bibliotheca hermetica. Bd. 1. Paris 1970.〔ニコラ・フラメル『象形寓意の書／賢者の術概要』有田忠郎訳、白水社、1977 年〕

Fletcher, Angus: Allegory in literary history. In: Dictionary of the History of Ideas. Studies of Selected Pivotal Ideas. Philip P. Wiener (Editor in chief). Volume I. New York 1973. S. 41-49.〔アンガス・フレッチャー「文学史におけるアレゴリー」高山宏訳、アンガス・フレッチャー他『アレゴリー・シンボル・メタファー』高山宏他訳、平凡社、1987 年、8-49 頁〕

Foucault, Michel: L'archéologie du savoir. Paris 1969.〔ミシェル・フーコー『知の考古学』中村雄二郎訳、河出書房新社、1995 年〕

Frankenberger, Julius: Walpurgis. Zur Kunstgestalt von Goethes Faust. Leipzig 1926.

Gadamer, Hans-Georg: Hermeneutik I. Wahrheit und Methode. Grundzüge einer philosophischen Hermeneutik. In: ders.: Gesammelte Werke. Bd. 1. Tübingen 1986.〔ハンス＝ゲオルク・ガダマー『真理と方法 I 』轡田收他訳、法政大学出版局、1986 年〕

Gaier, Urlich: Erläuterungen und Dokumente. Johann Wolfgang Goethe. Faust. Der Tragödie Erster Teil. Stuttgart 2001.

Garin, Eugenio: L'educazione in Europa (1400-1600). Problemi e programmi.

Atkins, Stuart: Goethe, Calderón, and Faust: Der Tragödie zweiter Teil. (1953) In: Atkins, S.: Essays on Goethe. Columbia 1995. S. 259-276.

Barner, Wilfried (Hg.): Der literarische Barockbegriff. Darmstadt 1975.

Bender, Wolfgang: Johann Jakob Bodmer und Johann Jakob Breitinger. Sammlung Metzler; M113. Realien zur Literatur; Abt. D; Literaturgeschichte. Stuttgart 1973.

Benjamin, Walter: Ursprung des deutschen Trauerspiels. Hg. v. Rolf Tiedemann. Frankfurt am Main 1978.〔ヴァルター・ベンヤミン『ドイツ悲哀劇の根源』岡部仁訳、講談社、2001 年〕

Beyer, Susanne / Gorris, Lothar [Interview]: Unwiderstehliche Zauber. Der italienische Romancier und Semiotiker Umberto Eco über Listen als Ursprung der Kultur, die Leidenschaft des Sammelns und Aufzählens und die Tragik des Internets. In: Der Spiegel. 45/2009, S. 164-165.

Binswanger, Hans Christoph: Geld und Magie. Deutung und Kritik der modernen Wirtschaft anhand von Goethes Faust. Stuttgart 1985.〔ハンス・クリストフ・ビンスヴァンガー『金と魔術』清水健次訳、法政大学出版局、1992 年〕

Birk, Manfred: Goethes Typologie der Epochenschwelle im vierten Akt des >Faust II<. In: Keller, W. (Hg.): Aufsätze zu Goethes >Faust II<. Darmstadt 1992. S. 242-266.

Brockhaus. Die Enzyklopädie in 24 Bänden. Leipzig/Mannheim 1998.

Burckhardt, Jakob: Der Cicerone. Eine Anleitung zum Genuss der Kunstwerke Italiens. Bd. 1. Basel 1957.〔ヤーコプ・ブルクハルト『チチェローネ〔建築編〕』瀧内槇雄訳、中央公論美術出版、2004 年〕

Conrad, H. [et al.]: Gedächtnisschrift Hans Peters. Berlin/Heidelberg/New York 1967.

Conrady, Karl Otto: Lateinische Dichtungstradition und deutsche Lyrik des 17. Jahrhunderts. Bonn 1962.

Debus, Allen G.: Man and nature in the Renaissance. Cambridge/New York 1978.〔A・G・ディーバス『ルネサンスの自然観　理性主義と神秘主義の相克』伊東俊太郎・村上陽一郎・橋本眞理子訳、サイエンス社、1986 年〕

Dickhaut, Kirsten/Steigerwald, Jörn/Wagner, Birgit (Hg.): Soziale und ästhetische Praxis der höfischen Fest-Kultur im 16. und 17. Jahrhundert. Wiesbaden 2009.

Barock; Bd. 3. 1. Aufl. Frankfurt am Main 1991.
——: Gedichte. Eine Auswahl. Text nach der Ausgabe letzter Hand von 1663. Hg. v. Adalbert Elschenbroich. Bibiographisch ergänzte Ausgabe. [Stuttgart 1996].
Harsdörffer, Georg Philipp: Frauenzimmer Gesprechspiele. Erster Theil. Nürnberg (1644) [Tübingen 1968].
Lipsius, Justus: Von der Bestendigkeit.[De Constantia] (1601) [Stuttgart 1965].
Lohenstein, Daniel Casper v.: Cleopatra. (1661) [Stuttgart 1965]
Opitz, Martin: Buch von der Deutschen Poeterey. (1624) Studienausgabe. Mit dem Aristarch (1617) und den Opitzschen Vorreden zu seinen Teutschen Poemata (1624 und 1625) sowie der Vorrede zu seiner Übersetzung der Trojanerinnen (1625). Hg.v. Herbert Jaumann. [Stuttgart 2002].
Schiller, Friedrich: Briefe II.1795-1805. Hg. v. Norbert Oellers. Friedrich Schiller Werke und Briefe in zwölf Bänden. Bd. 12. Frankfurt am Main 2002.
Schottelius, Justus Georg: Ausführliche Arbeit Von den Teutschen HaubtSprache. (1663) II. Teil. Hg. v. Wolfgang Hecht. [Tübingen 1995].
——: Teutsche Sprachkunst. Braunschweig 1641.

2. 二次文献

・欧文文献

Alewyn, Richard [et al.]: Aus der Welt des Barock. Stuttgart 1957.
—— / Sälzle, Karl:Das große Welttheater. Die Epoche der höfischen Feste in Dokument und Deutung. Hamburg 1959.〔リヒャルト・アレヴィン／カール・ゼルツレ『大世界劇場』円子修平訳、法政大学出版局、1985 年〕
—— (Hg.): Deutsche Barockforschung. Köln/Berlin 1965.
——: Goethe und das Barock. In: Reiss, H.: Goethe und die Tradition. Frankfurt am Main 1972. S. 130-137.
Apostridés, Jean-Marie: Le roi-machine: spectacle et politique au temps de Louis XIV. Paris 1981.〔ジャン＝マリー・アポストリデス『機械としての王』水林章訳、みすず書房、1996 年〕
Aromatico, Andrea: Alchimie. Le grand secret. Traduit de l'italien par Audrey van de Sandt. Paris 1996.〔アンドレーア・アロマティコ『錬金術——おおいなる神秘』種村季弘編訳、創元社、1997 年〕

参考文献

1. 原典

Beccaria, Cesare: Dei delitti e delle pene, con una raccolta di lettere e documenti relativi alla nascita dell'opera e alla sua fortuna nell'Europa del Settecento, a cura di Franco Venturi, Torino 51981.〔チェーザレ・ベッカリーア『犯罪と刑罰』小谷眞男訳、東京大学出版会、2011 年〕

Bodmer, Johann Jakob: Critische Betrachtungen über die Poetischen Gemählde Der Dichter (1741). In: Romantheorie. Texte vom Barock bis zur Gegenwart. Hg. v. Hartmut Steinecke und Fritz Wahrenberg. Stuttgart 1999. S. 107-113.

Breitinger, Johann Jakob: Critische Dichtkunst: worinnen die Poetische Mahlerey in Absicht auf die Erfindung im Grunde untersuchet und mit Beyspielen aus den berühmtesten Alten und Neuern erläutert wird / mit einer Vorrede eingeführet von Johann Jacob Bodemer. Zürich 1740. In: Joh. Christoph Gottsched und die Schweizer J. J. Bodmer und J. J. Breitinger, Hg. v. Johannes Crüger. Deutsche National-Litteratur: historisch-kritische Ausgabe. Hg. v. Joseph Kürschner; Bd. 42. [Tokyo: Sansyusha 1974] S. 153-179.

Fleming, Paul: Deutsche Gedichte. Bibiographisch ergänzte Ausgabe. Stuttgart 2000.

Goethe, Johann Wolfgang: Sämtilche Werke. Briefe, Tagebücher und Gespräche. Vierzig Bände. Hg. v. Friedmar Apel u.a., Frankfurt a. Main. [FA]

——: Werke. Hamburger Ausgabe in 14 Bänden. Hg. v. Erich Trunz. 16., überarbeitete Aufl., 1996. [HA]〔『ゲーテ全集　全十五巻』登張正實他編、潮出版社、2003 年〕

Gottsched, Johann Christoph: Versuch einer Critischen Dichtkunst. 4. Aufl. (1751). In: Romantheorie. Texte vom Barock bis zur Gegenwart. Hg. v. Hartmut Steinecke und Fritz Wahrenberg. Stuttgart 1999. S. 133-137.

Gryphius, Andreas: Dramen. Hg.v. Eberhard Mannack. Bibliothek der frühen Neuzeit Hg. v. Wolfgang Harms [et al.]; Abt. 2. Literatur im Zeitalter des

あとがき

本書は、二〇一一年一月に東北大学大学院文学研究科に提出された博士論文「ゲーテとバロック文学――『ファウスト』における「夾雑」的場面の分析」をもとに、加筆修正したものです。この研究は、日本のドイツ文学研究の現状について、私が抱いた疑問から始まっています。

日本のドイツ文学研究において、中世文学研究と一八世紀以降の文学研究は盛んではありますが、バロック文学研究は非常に少なく、また、特に一八世紀以降の文学研究が、前時代のバロック文学をあたかもないかのように議論しているのが現状です。確かに、本書でも触れていますように、バロック文学を尊重し、それも射程に入れつつゲーテの文学を論じた波田節夫先生の研究も存在しますが、こうした方向性を引き継いだその他の研究はほとんどありません。果たして、それでよいのだろうかという疑問は、私の中で徐々に膨らんでいきました。大学院修士時代の授業ではじめて、ドイツ・バロック文学と出会い、その難しさに戸惑いながらも、ヨーロッパ文化の奥深さを日々学ばせてくれるその深遠な世界に感銘を受けていた私は、日本において、この分野の理解がもっと広くなされてもよいのではないか、という思いを日々強くしておりました。

そうする内に、ドイツ・バロック文学から、ドイツ文学の金字塔であるゲーテの『ファウスト』を見つめ直すと、どのような様相が浮かび上がるだろうか、ということに思い至りました。そして、ゲーテが全生涯をかけて作り上げた大作『ファウスト』の中の、あまり重要でないように見える場面にこそ、ゲーテの時代批判や自己確認的営為が垣間見られ、こうしたゲーテの態度は、ゲーテが若い頃に否定したはずの前時代的なバロック的態度と共通するのではないか、という結論を導き出すに至りました。そして、微力ながらこの研究が、ゲーテの『ファウスト』を窓口としたドイツ・バロック文学の世界を知らしめる案内役となってもよいのではないか、と考えるようになりました。

博士論文完成から四年経った今、加筆をしてはいるものの、未だに至らぬところばかりです。読者諸氏の忌憚なきご批判、ご指摘をいただけますと幸甚に存じます。

本書刊行に際しては、多くの方々にお世話になりました。

博士論文執筆に際して、東北大学大学院森本浩一教授をはじめ、ドイツ文学科の先生方には、一丸となって熱心にご指導いただきました。また、ここで名前を挙げつくすことができないほど多くの皆様にも、様々ご助言をいただきました。

最後になりましたが、松籟社編集部の木村浩之氏には、企画・編集の面で大変お世話になりました。

この場をお借りして、お世話になった皆様に、御礼を申し上げます。

二〇一七年一月二〇日

橋本　由紀子

【た・な行】

【は行】

【ら行】

2. 歴史的事件など

【さ行】

【た行】

【は行】

〈事項索引〉

・1字下がりの項目は、下位概念を示す。
・(　) 内のドイツ語は当該用語の原語表示を、日本語は当該用語の代替表現、もしくは説明を示す。
・「バロック」および「バロック文学」については本書全体で扱っているため、索引項目に含めていない。

1. 文学史用語及びその関連用語

『プルンデルスヴァイレルンの大市』（ゲーテ） Jahrsmarktsfest zu Plundersweilern 100
『放浪するケルビム』（ジレージウス） Cherubinischer Wandersmann 30

【ま行】
『マホメット』（ヴォルテール／ゲーテ訳） Mahomet der Prophet 195, 197
『ミス・サラ・サンプソン』（『サラ』）（レッシング） Miß Sara Sampson 67
『自らに宛てて』（フレーミング） An sich 30
『モスクワ・ペルシア旅行記』（オレアーリウス） Moscowitische und Persianische Reisebeschreibung 33
『ものみなすべて空なり。』（グリューフィウス） Es ist alles Eitel 35, 37

【ら行】
『両宇宙誌』（フラッド） Utriusque Cosmi Maioris scilicet et Minoris Metaphysica, Physica Atque Technica Historia 114
『レオ・アルメニウス』（グリューフィウス） Leo Armenius 32
『歴史双書テアトルム・オイロペウム』（ゴットフリート） Theatrum Europaeum 96
『歴史年代記』（ゴットフリート） Gottfrieds Historische Chronick oder Beschreibung der merckwürdigsten Geschichte 96, 99-100
『ローマのオクタヴィア』（アントン・ウルリヒ、ブラウンシュヴァイク＝ヴォルフェンビュッテル侯） Octavia. Römische Geschichte 62
『ローマの謝肉祭』（ゲーテ） Das Römische Karneval 195
『ローマ悲歌』（ゲーテ） Römische Elegien 131

【わ行】
『若きヴェルターの悩み』（ゲーテ） Die Leiden des jungen Werthers 68, 179

『恒心論』（リプシウス） Von der Bestendigkeit 38-39

【さ行】

『詩学の漏斗』（ハルスデルファー） Poetischer Trichter 28-29
『詩人たちの詩的絵画に関する批判的考察』（ボドマー） Critische Betrachtungen über die poetischen Gemählde Der Dichter 62-63
『詩と真実』（ゲーテ） Dichtung und Wahrheit 71-72, 80, 96-97, 101-102, 148, 201
『宗教ソネット・歌謡・詩集』（グライフェンベルク） Geistliche Sonnette Lieder und Gedichte 31
「象徴法について」（ゲーテ） Über Symbolik 73
『シリアのアラメナ』（アントン・ウルリヒ、ブラウンシュヴァイク＝ヴォルフェンビュッテル侯） Die Durchleuchtige Syrerinn Aramena 62
『神秘の永遠をご教示くださる神の日曜日に。…』（グリューフィウス） Auff den Sontag des von der geheimen Ewigkeit lehrenden Gottes 36-37
『ジンプリツィシムス』（グリンメルスハウゼン） Der Abentheuerliche Simplicissimus 33
『世界図絵』（コメーニウス） Orbis Pictus 97, 101-102
『一七九八年詩神年鑑』（シラー） Musenalmanach 110

【た行】

『滞仏陣中記』（ゲーテ） Campagne in Frankreich 143, 192
『タウリスのイフィゲーニエ』（ゲーテ） Iphigenie auf Tauris
『ツェノドクスス』（ビーダーマン） Cenodoxus 32
『ドイツ語詳論』（ショッテーリウス） Ausführliche Arbeit Von den Teutschen HaubtSprache 26-27
『ドイツ語文法』（ショッテーリウス） Teutsche Sprachkunst 24-26
『ドイツ詩学の書』（オーピッツ） Buch von der Deutschen Poeterey 26-27, 48, 50
『ドイツ人のための批判的詩学の試み』（ゴットシェート） Versuch einer kritischen Dichtkunst für die Deutschen 58
『同罪者』（ゲーテ） Die Mitschuldigen 179

【な行】

『ナイチンゲールと競って』（シュペー） Trutznachtigall 30
「夏の歌」（ゲルハルト） Sommergesang 31
『ナポリの反乱指導者マサニエロの悲劇』（ヴァイゼ） Trauer-Spiel von dem Neapolitanischen Haupt-Rebellen Masaniello 34

【は行】

『犯罪と刑罰』（ベッカリーア） Dei delitti e delle pene 139
『パンドーラ』（ゲーテ） Pandora 92
『ハンブルク演劇論』（レッシング） Hamburgische Dramaturgie 65-66
『批判的作詩法』（ブライティンガー） Critische Dichtkunst 64

〈作品名索引〉

・（　）内は筆者名。斜線のある表示では、左が原著者名、右が訳者名。
・ゲーテ『ファウスト』については本書全体で、またアレヴィン『ゲーテとバロック』及び波田『ゲーテとバロック文学』については第三章を通じて扱っているため、索引項目に挙げていない。

【あ行】

『アグリッピーナ』（ローエンシュタイン）　Agrippina　32
『アジアのバニーゼ』（ツィーグラー・フォン・クリップハウゼン）　Asiatische Banise　59, 90
『アマディス・デ・ガウラ』（モンタルボ）　Amadis de Gaula　33
『アルゲニス』（バークリ／オーピッツ訳）　Argenis　33
『アルミニウス』（ローエンシュタイン）　Großmüthiger Feldherr Arminius　59, 61
『イタリア紀行』（ゲーテ）　Italienische Reise　97
『一切の学問や技術のむなしさと不確実さについて』（アグリッパ）　De incertitudine et vanitate scientiarum et artium　102
『偽りの告白』（マリヴォー）　Les Fausses Confidences　66
『いとしい方はむずかり屋』（ゲーテ）　Die Laune des Verliebten　179
『イブラヒム・スルタン』（ローエンシュタイン）　Ibrahim Sultan　32
『ヴィルヘルム・マイスターの修業時代』（ゲーテ）　Wilhelm Meisters Lehrjahre　180, 194, 196
『ヴィルヘルム・マイスターの遍歴時代』（ゲーテ）　Wilhelm Meisters Wanderjahre　79, 102
『ウル・ファウスト』（ゲーテ）　Urfaust　92

【か行】

『化学の結婚』（アンドレーエ）　Chymische Hochzeit　149-151
『学識の香炉小箱』（ラウレムベルク）　Acerra Philologica　96
『カルデニオとツェリンデ』（グリューフィウス）　Cardenio vnd Celinde　46
『カロルス・ストゥアルドゥス』（グリューフィウス）　Carolus Stuardus　32, 182
『空なり。空の空なり。』（グリューフィウス）　Vanitas! Vanitatum Vanitas!　36-37
『クセーニエン』（ゲーテおよびシラーの共同制作）　Xenien　111
『グルジアのカタリーナ』（グリューフィウス）　Catharina von Georgien　41, 44-45, 123
『クレオパトラ』（ローエンシュタイン）　Cleopatra　33, 46, 125
『ゲッツ・フォン・ベルリッヒンゲン』（ゲーテ）　Götz von Berlichingen mit der eisernen Hand　68, 100
『高潔な法学者。あるいは死にゆくパピニアーヌス』（グリューフィウス）　Grössmüttiger Rechts-gelehrter / Oder Sterbender AEmilius Paulus Papinianus　47

森本浩一　149

【や行】

ヤーコプス、カール・ユルゲン　Jacobs, Carl Jürgen　139
山内進　39
山崎彰　51
ユタン、セルジュ　Hutin, Serge　149
ユング、カール・グスタフ　Jung, Carl Gustav　147
ヨーゼフ2世（神聖ローマ皇帝）　Joseph II.　201

【ら行】

ライプニッツ、ゴットフリート・ヴィルヘルム・フォン　Leibniz, Gottfried Wilhelm von　113
ラウレムベルク、ペーター　Lauremberg, Peter　96
ラシーヌ、ジャン（・バティスト）　Racine, Jean Baptiste　90-91
ラムジー、アンドリュー・マイケル　Ramsay, Andrew Michael　59
リッケルト、ハインリヒ　Rickert, Heinrich　113
リプシウス、ユストゥス　Lipsius, Justus　30, 38-39, 41
ルイ14世（フランス国王）　Louis XIV　48, 91, 152, 154, 160-161, 184
ルター、マルティン　Luther, Martin　68-69, 77, 97-98, 179
レーゼンヘフト、ヴィルヘルム　Resenhöfft, Wilhelm　113
レオポルト1世（オーストリア皇帝）　Leopold I.　52, 152-154
レクヴァト、パウル　Requadt, Paul　147
レッシング、ゴットホルト・エフライム　Lessing, Gotthold Ephraim　18, 65-68, 81
レンネルト、ハル・ヘルムート　Rennert, Hal Hellmut　147
ローエンシュタイン、ダニエル・カスパー・フォン　Lohenstein, Daniel Casper von　32-33, 46, 49-50, 59, 125, 188
ローゼンクロイツ、クリスティアン　Rosencreutz, Christian　149
ローマイヤー、ドロテーア　Lohmeyer, Drothea　171

ハルスデルファー、ゲオルク・フィーリップ　Harsdörffer, Georg Philipp　28-29, 122
ハルトゥング、フリッツ　Hartung, Fritz　83, 185
ビーダーマン、ヤーコプ　Bidermann, Jacob　32
ヒュスゲン、ヴィルヘルム・フリードリヒ　Hüsgen, Wilhelm Friedrich　101-102
ビルク、マンフレート　Birk, Manfred　88, 191
ビンスヴァンガー、ハンス・クリストフ　Binswanger, Hans Christoph　147, 175
フーコー、ミシェル　Foucault, Michel　14
フォースター、レオナルド　Forster, Leonard　39
ブライティンガー、ヨーハン・ヤーコプ　Breitinger, Johann Jakob　62-65
プラーツ、マリオ　Praz, Mario　116-117, 120
フラッド、ロバート　Fludd, Robert　114-115
フランケンベルガー、ユリウス　Frankenberger, Julius　113
フリードリヒ2世（プロイセン国王）　Friedrich II.　12
フリードリヒ3世（シュレスヴィヒ・ホルシュタイン公）　Friedrich III.　33
ブルクハルト、ヤーコプ（・クリストフ）　Burckhardt, Jacob Christoph　18-19
フレッチャー、アンガス　Fletcher, Angus　119, 121
フレーミング、パウル　Fleming, Paul　30, 33, 40
プレヴォー・デグジール　Prévost d'Exiles　59
フロイント、ヴィンフリート　Freund, Winfried　31, 49, 51, 55, 85, 183
ベーメ、ヤーコプ　Böhme, Jakob　26, 30-31
ベーリシュ、エルンスト・ヴォルフガング　Behrisch, Ernst Wolfgang　72
ベッカリーア、チェーザレ　Beccaria, Cesare Bonesana　139
ヘニングス、アウグスト　Hennings, August　131
ヘヒト、ヴォルフガング　Hecht, Wolfgang　27, 73
ヘルダー、ヨーハン・ゴットフリート・フォン　Herder, Johann Gottfried von　68, 96
ヘンケル、アルトゥア　Henckel, Arthur　45
ベンツ、リヒャルト　Benz, Richard　104
ベンヤミン、ヴァルター　Benjamin, Walter　77
ホッケ、グスタフ・ルネ　Hocke, Gustav René　21-23
ボドマー、ヨーハン・ヤーコプ　Bodmer, Johann Jakob　59, 62-65
ホフマンスヴァルダウ、クリスティアン・ホフマン・フォン　Hofmannswaldau, Christian Hofmann von　30
ホラティウス　Quintus Horatius Flaccus　28

【ま行】

マイト、フォルカー　Meid, Volker　117
マリア・テレジア　Maria Theresia　12
丸本隆　155
ミュラー、ギュンター　Müller, Günter　49, 51
メーザー、ユストゥス　Möser, Justus　18
メーリアン、マテーウス　Merian, Matthäus　97-100, 102-103
メルツバッハー、フリードリヒ　Merzbacher, Friedrich　183

シュトリヒ、フリッツ　Strich, Fritz　20-22
シュペー、フリードリヒ・フォン　Spee, Friedrich von　30-31
シュペラーベルク、ゲルハルト　Spellerberg, Gerhard　188
シュラッファー、ハインツ　Schlaffer, Heinz　10-11
シュレーター、クリスティアン　Schröter, Christian　59
ショッテーリウス、ユストゥス・ゲオルク　Schottelius, Justus Georg　24-28
ショルツ、ベルンハルト・F　Scholz, Bernhard F.　120
シラー、ヨーハン・クリストフ・フリードリヒ・フォン　Schiller, Johann Christoph Friedrich von　110-111, 195-197
ジレージウス、アンゲルス　Silesius, Angelus　30
スタロビンスキー、ジャン　Starobinski, Jean　173
ストロング、ロイ　Strong, Roy　150-151
ズルツァー、ヨハン・ゲオルク　Sulzer, Johann Georg　118
セネカ　Seneca, Lucius Annaeus　39
ゼルツレ、カール　Sälzle, Karl　53, 84-85, 111, 153

【た行】

高田博行　25
田中岩男　111
田野倉稔　23
種村季弘　23, 149, 151
タピエ、ヴィクトール・リュシアン　Tapiè, Victor-Lucien　19
チャールズ１世（イギリス国王）　Charles I　32, 182, 193
チュザルツ、ヘルベルト　Cysarz, Herbert　104
ツィーグラー・ウント・クリップハウゼン、ハインリヒ・アンゼルム・フォン　Zigler und Kliphausen, Heinrich Anselm von　59, 90
デカルト、ルネ　Descartes, René　11, 113
トゥルンツ、エーリヒ　Trunz, Erich　113-115, 181
トマジウス、クリスティアン　Thomasius, Christian　57
ドールス、エウヘーニオ　D'Ors, Eugenio　169

【な行】

ナードラー、ヨーゼフ　Nadler, Josef　49
仲正昌樹　147
ナポレオン・ボナパルト　Napoléon Bonaparte　12, 201
ニコライ、クリストフ・フリードリヒ　Nicolai, Christoph Friedrich　131
ニュートン、アイザック　Newton, Isaac　54, 113

【は行】

バークリ、ジョン　Barclay, John　33
ハスルマイヤー、ハーラルト　Haslmayr, Harald　196
波田節夫　94-104, 183

ガダマー、ハンス・ゲオルク　Gadamer, Hans-Georg　119-121
ガリレイ、ガリレオ　Galilei, Galileo　54
カール・アウグスト公　Karl August, Herzog von Sachsen-Weimar-Eisenach　70, 88
カール6世（オーストリア皇帝）　Karl VI.　12
カルデロン　Pedro Calderón de la Barca　90-91, 94
ガレン、エウジェニオ　Garin, Eugenio　25
ギュンター、ヨーハン・クリスティアン　Günther, Johann Christian　34, 85
轡田收　23
クネリッヒ、オットー　Knörrich, Otto　195
グライフェンベルク、カタリーナ・レギーナ・フォン　Greiffenberg, Catharina Regina von　31
グラッシ、エルネスト　Grassi, Ernesto　84
クリューガー、ヨハネス　Crüger, Johannes　65
グリューフィウス、アンドレーアス　Gryphius, Andreas　30-32, 35-36, 38, 41, 44-48, 50, 96, 182
グリンメルスハウゼン、ハンス・ヤーコプ・クリストッフェル・フォン　Grimmelshausen, Hans Jakob Christoffel von　33
クルツィウス、エルンスト・ローベルト　Curtius, Ernst Robert　20-22
クレッテンベルク嬢（クレッテンベルク、スザンナ・カタリーナ・フォン）　Klettenberg, Susanna Katharina von　96, 148
クローチェ、ベネデット　Croce, Benedetto　17
クロムウェル、オリヴァー　Cromwell, Oliver　59, 182
ケプラー、ヨハネス　Kepler, Johannes　54, 114
ゲルハルト、パウル　Gerhardt, Paul　31
ゴットシェート、ヨーハン・クリストフ　Gottsched, Johann Christoph　58-62, 65-66, 68-69, 81, 180
ゴットフリート、ヨーハン・ルートヴィヒ　Gottfried, Johann Ludwig　96-97, 99-100, 102, 105
ゴドウィン、ジョスリン　Godwin, Joscelyn　115
コメーニウス、ヨーハン・アーモス　Comenius, Johann Amos　97, 101-102, 105
コルネイユ、ピエール　Corneille, Pierre　90-91

【さ行】

坂井栄八郎　11, 13, 56, 143, 185
サンブクス、ヨハネス　Sambucus, Johannes　85
塩田勉　55
清水裕之　153
シモン、アルフレッド　Simon, Alfred　151-153
シェーネ、アルブレヒト　Schöne, Albrecht　85, 87, 117-120, 122-124
シュヴァルツ、ジビレ　Schwarz, Sibylle　31
シュタインエッケ、ハルトムート　Steinecke, Hartmut　59, 61, 63
シュタイン夫人、シャルロッテ・フォン　Stein, Charlotte Albertine Ernestine von　70

◉ 索引 ◉

本文および注で言及した人名、作品名、専門用語等を配列した。

〈人名索引〉

・ゲーテについては本書全体で扱っているため、索引項目に含めていない。

【あ行】
アグリッパ、ハインリヒ・コルネリウス　Agrippa, Heinrich Cornelius　102
阿部謹也　139
アポストリデス、ジャン・マリー　Apostridés, Jean-Marie　152-154, 161, 169
アリストテレス　Aristotelēs　28
アルチャーティ（正式名アルチャート）、アンドレーア　Alciati, Andrea　85
アレヴィン、リヒァルト　Alewyn, Richard　53, 83, 85-95, 102, 104-105, 109-111, 153
アロマティコ、アンドレーア　Aromatico, Andrea　148-149
アンドレーエ、ヨーハン・ヴァレンティン　Andreae, Johann Valentin　149, 151
石原あえか　209, 211
ヴァーレンブルグ、フリッツ　Wahrenburg, Fritz　59, 63
ヴァイゼ、クリスティアン　Weise, Christian　34, 182
ヴィトコフスキー、ヴォルフガング　Wittkowski, Wolfgang　191
上田真　147
ヴェルフリン、ハインリヒ　Wölfflin, Heinrich　18, 21
ヴォルテール　Voltaire　90-91, 195
エーコ、ウンベルト　Eco, Umberto　55
エムリッヒ、ヴィルヘルム　Emrich, Wilhelm　19, 21-23, 27, 31, 183, 188-189
江村洋　49
エリアス、ノルベルト　Elias, Norbert　183-185, 216
エリザベス１世　Elizabeth I　11
オーピッツ、マルティン　Opitz, Martin　26-31, 33-34, 48-50, 67, 181
オレアーリウス、アーダム　Olearius, Adam　33

【か行】
ガイアー、ウルリヒ　Gaier, Ulrich　137

【著　者】
橋本　由紀子（はしもと・ゆきこ）

中央大学文学部卒業、学習院大学大学院人文科学研究科博士前期課程修了、東北大学大学院文学研究科博士後期三年の課程修了。

現在、東京理科大学、明治大学、文教大学、北里大学、日本大学非常勤講師。専攻はドイツ文学。

主要業績に、「《パレオフロンとネオテルペ》―バロック的祝祭から見たゲーテの宮廷祝祭劇」（『東北ドイツ文学研究』54、2012年）、「異界からの訓言―エンブレム的構造から読むゲーテ《ファウスト第一部》」（『東北ドイツ文学研究』52、2009年）、「ギュンター・グラス『テルクテの集い』における〈無常 (Vanitas)〉」（『学習院大学ドイツ文学会　研究論集』12、2008年）などがある。

『ファウスト』における「夾雑」的場面
――バロック文学から眺めたゲーテの文学――

2017年3月31日　初版第1刷発行　　定価はカバーに表示しています

著　者　橋本　由紀子
発行者　相坂　一

発行所　　松籟社（しょうらいしゃ）
〒612-0801　京都市伏見区深草正覚町1-34
電話　075-531-2878　振替　01040-3-13030
url　http://shoraisha.com/

装丁　安藤紫野（こゆるぎデザイン）
印刷・製本　モリモト印刷株式会社

© 2017　ISBN978-4-87984-353-1　C0098